闇狩人

バウンティ・ドッグ

矢月秀作

朝日文庫

本書は二〇〇二年九月、ウルフノベルスより
刊行されたものを大幅に加筆・修正しました。

目次

闇狩人　バウンティ・ドッグ

プロローグ

新宿小滝町にある小さな公園に、深夜、数名の若者がたむろしていた。

スキンヘッドの男は滑り台の支柱にもたれてボトルごとウイスキーを呷《あお》り、ソフトモヒカンの男とピンクの長袖カットソーを着た女は、抱き合い、トランスミュージックに合わせて腰をくねらせている。ホットパンツに黒タイツを穿《は》いた女と耳にいくつもピアスをぶら下げた女は、地べたに座り込み、スナックをつつきながらスマホ片手にしゃべっていた。

そこに銀龍をあしらったスカジャンを着込み、薄手の黒いニット帽をかぶった男が近づいてきた。

「やっと戻ってきやがった」

男の姿を認め、スキンヘッドの男が支柱から背を離した。

「遅えよ、ケンジ」

「悪い。いつもの売人がいなくてな」

ケンジは、スキンヘッドの男が手に持っていたボトルをひったくった。ウイスキーを呷り、砂場のほうへ歩く。

他の連中もケンジのあとを追い、砂場へと集まってきた。

「ブツは手に入んなかったのか？」

ソフトモヒカンの男が訊《き》く。

「手ぶらで帰ってくるわけねえだろ。もっとすげえブツを仕入れてきたぜ」

ケンジは言い、あたりを見回した。ホームレスの男と目が合う。

ホームレスはケンジに睨《にら》まれ、そそくさと段ボールハウスの中へ潜った。

再び周囲を確認する。他に人目はない。ケンジは、輪になって座っている若者たちを見渡し、ポケットからビニールの小袋をつかみだした。

スキンヘッドの男がつまみ上げた。公園の遊歩灯に照らす。輪の中央に放る。小袋の中には、琥珀《こはく》色の錠剤が六錠入っている。

「なんだ、これ。バツか？」

「エクスタシーなら、別にたいしたことないじゃん」

ピンクのカットソーを着た女が小袋の中を覗《のぞ》いて言った。

「バツだったら、すげえとか言わねえよ。錠剤の刻印をよく見てみろ」

ケンジが言う。

ソフトモヒカンの男は錠剤をつまみ出し、真ん中に刻まれたマークを見つめた。

「おい、サンダーじゃねえか！」

男が目を見開く。ケンジは深く頷《うなず》いた。

「マジ？」

ピアスをした女が覗き込む。

「女の売人が売ってたんだよ。初めてのヤツだから本物かどうかはわかんないけどな。そのマークは今まで聞いていたサンダーのものと同じだ」

「オレもこういうマークだと聞いたことがあるよ」

モヒカン男が言う。

錠剤の真ん中には、アルファベットのTに三本の稲妻がクロスしているような印が両面に刻まれていた。

「本物だったとしたらさあ、ヤバいんじゃないの？」

カットソーの女が言う。

「サンダーやったらおかしくなるって聞いたことあるよ、あたし」

「それだけ効《き》くってことだろ。心配すんなって。みんな、ドラッグの初心者じゃねえんだし。念のためにオレが見といてやるからさ」

ケンジが言う。が、カットソーの女は難色を示していた。その様子を見ていたモヒカン男が女の肩に手を回し、抱き寄せる。

「かっとんで狂うんなら上等じゃねえか、ユミ」

「クスリで狂うのなんて、あたしはヤダよ」

「ぐちゃぐちゃ言ってねえで、やってみりゃわかるってえの」

モヒカン男はユミの口に強引に錠剤を押し込んだ。手のひらで口元を覆《おお》う。

ユミは息をしようともがいているうちに、錠剤を飲み込んでしまった。

「んん！　何すんだよ！」

「オレも飲むからいいだろ」

モヒカン男は悪びれもせず、錠剤を口に放り込み、嚙《か》み砕《くだ》いた。

「……ちょっとピリッと来たけど、何のことないぜ」

モヒカン男はウイスキーを呷った。

他の若者たちは、しばし二人の様子を見ていたがさほど変化はない。

「たいしたことなさそうだな。オレたちもやろうぜ」

スキンヘッドの男が口の中に錠剤を放り込む。ホットパンツ女とピアス女も錠剤を口に含み、飲み込んだ。

「ケンジもやれよ」

モヒカン男が言う。

「オレは帰って一人でやるよ。今はとりあえず、みんなのことを見てるから。公園内なら適当にフラフラしてもかまわねえぞ」

ケンジはウイスキーのボトルを持って立ち上がり、滑り台に歩いていった。階段を上って、てっぺんに座り込む。

ボトルを傾け、仲間の様子を見やる。ソフトモヒカンの男はユミとキスし、腰を擦《す》りつけ踊っていた。

スキンヘッドの男はジャングルジムにもたれかかり、ホットパンツ女を後ろから抱き締め、乳房を揉《も》みしだいている。

ピアス女は、千鳥足で広場をうろうろとしているだけだった。

仲間の様子は、マリファナを吸っている時とさして変わらない。

「サンダーってこんなものなのか？　やっぱ、ニセモンだったのかなあ……」

ため息を吐《つ》く。

「偽物だったら、あの女、シメなきゃ気がすまねえな。一錠六千円も払ったんだから」

ウイスキーを喉《のど》に流し込み、再び広場に目を向けた。

「あれ？　レミのヤツ、どこに行ったんだ？」

ケンジは立ち上がり、公園全体を見渡した。

ふらついていたピアス女の姿がない。

「しょうがねえな、まったく……」

ケンジはボトル片手に滑り台を降りた。

「レミ。どこにいるんだ？」

呼びかけながら、死角になっている植え込みの陰や遊歩道を捜し回る。が、レミの姿はない。

公園の出入口まで来たケンジは、周囲の路上を見回った。やはり、レミはいない。

再び、来た道を戻る。と、遊歩灯の明かりの下にレミの姿があった。レミは段ボールハウスを見つめ、仁王立ちしていた。

「レミ。あんま、フラフラするな」

歩み寄ろうとして、ふと足を止めた。レミの手に鉄パイプが握られていることに気づいた。

「そんなもの、どこで拾ってきたんだよ。危ねえから、俺に貸せ――」

ケンジはレミの肩を握った。

レミが顔を上げた。ケンジは身を強《こわ》ばらせた。

レミの両眼は眦《めじり》が吊《つ》り上がり、血走っていた。口辺からは涎《よだれ》が流れ、止まらない。狂犬病の犬のようだ。

「レミ……？」

「うぜえんだよ」

「えっ？」

「うぜえんだよ！」

レミが怒声を放った。ケンジに鉄パイプを振るう。

ケンジは後方へ飛び退《の》いた。

「何をするんだ！」

「うぜえんだよ、てめえらは！」

レミが再び、鉄パイプを振り回した。真っ赤な眼でケンジを睨み据え、迫ってくる。

ケンジは持っていたボトルをレミに投げつけた。レミの額にボトルが当たる。しかし、まったく動じない。ケンジは遊歩道の端まで逃げ、木陰に身を隠してレミの様子を窺《うかが》った。

レミはケンジの姿を捜していたが、いないとわかると、段ボールハウスへ戻っていった。何やらぶつぶつと口元を動かし、鉄パイプを振り上げる。

「うぜえんだよ！」

叫んだレミは、渾身《こんしん》の力で鉄パイプを振り下ろした。

屋根代わりに被せていたビニールシートが凹《へこ》んだ。支柱にしていた段ボールが歪《ゆが》む。

短い悲鳴が聞こえた。中からホームレスが飛び出てきた。

「な……何だ、おまえは！」

ホームレスが怒鳴った。

レミはホームレスを見据えた。

「うぜえって言ってんだ！」

鉄パイプを振り上げる。

「レミ、やめろ！」

ケンジは木陰から叫んだ。が、レミの耳には届かない。

高々と振り上げられた鉄パイプは、何度も宙を舞い、ホームレスを襲った。

ホームレスの前頭部が割れ、鮮血が噴き上がった。膝《ひざ》を崩し、這《は》うように逃げ回る。

レミは執拗にホームレスを追った。襲いかかる鉄パイプは、ホームレスの腕を折り、膝頭を砕く。レミとホームレスの周りにはおびただしい血糊《ちのり》が四散した。

「やめろ！」

ケンジは木陰から叫んだ。

止めに行かなければと思う。が、レミの全身から放たれる狂気に身が竦《すく》み、動けない。

ホームレスは頭を抱えてうつぶせ、地に伏した。

「ああ、うぜえ、うぜえ、うぜえ！」

レミは激情を吐き出し、ホームレスをめった打ちにする。

ホームレスの後頭部が裂《さ》け、頭蓋骨《ずがいこつ》が割れ、中から脳みそが飛び出した。それでもレミは鉄パイプで殴り続ける。

ケンジは見ていられなくなり、その場から逃げ出した。広場へ向かう。広場では仲間たちが奇声を上げていた。

「おい、レミがやばいんだよ」

スキンヘッドの男に手をかけようとした。が、その手が止まった。

「何やってんだ、シゲ……」

目を見開く。

スキンヘッドの男はレミと同じく、目を血走らせ、涎を垂れ流していた。男の両手はホットパンツ女の首にかかっている。男は女のか細い首を絞《し》め上げ、ジャングルジムの鉄柱に女の後頭部を叩きつけていた。

当然、女に息はない。それでも男は、ぐったりとした女をひたすら嬲《なぶ》っていた。

ケンジはそろそろと後退した。

突然、背後から甲高い笑声が上がった。

びくりと肩を竦ませ、立ち止まる。恐る恐る振り返る。

ユミがソフトモヒカンの男に跨《また》がり、何かを振っていた。手元を振り上げるたびに鮮血が弧を描き、飛散する。手にはナイフが握られていた。街灯の明かりを受け、鈍く揺れ光る。

ソフトモヒカンの男は絶命していた。眼球は抉《えぐ》られてこぼれ落ち、顔面はずたずたで元の顔がわからないほど傷ついている。それでもユミはかまわず、口角を吊り上げ、何度も何度も男を刺していた。

あまりにおぞましい光景を目の当たりにし、ケンジは口元を押さえた。胃液が込み上げてくる。

呻《うめ》き声を耳にしたユミが手を止めた。やおら、振り返る。

返り血を浴びたユミは血走る双眸《そうぼう》でケンジを見据え、にたりと片頬を上げた。

「また、みっけ。でっかい虫……」

ゆらりと立ち上がる。

「虫って、なんだよ……」

「虫がしゃべってる。しゃべる虫なんて、殺さなきゃ」

ナイフを持った腕を上げる。

「何言ってんだ、ユミ……」

ケンジはユミを見据えたまま後退した。

ユミが迫ってくる。

目の端に、鉄パイプを振り回しながら広場に戻ってきたレミの姿も映る。

骨を打つ音のする方に目を向けると、スキンヘッドが息絶えた女の首を絞め上げながら笑っている。

「気持ち悪いんだよ、でっかい虫！」

声に気づき、振り返る。切っ先を起こしたユミが、ケンジに突っ込んできた。

ケンジは右脇《みぎわき》に倒れ込み、ユミを避《よ》けた。勢い、ユミはスキンヘッドの男に突っ込んでいった。

切っ先がスキンヘッドの背中にめり込む。男は一瞬動きを止めた。が、何事もなかったように屍《しかばね》の首を絞め上げた。

「痛みも感じねえのか……」

ケンジは尻を突いたまま後退《あとずさ》りをした。

そこに、鉄パイプを握ったレミがやってきた。

「うぜえ、うぜえ、うぜえ！」

ケンジの前を行き過ぎたレミは、ユミの側頭部を鉄パイプで殴りつけた。

ユミは横倒しに沈んだ。スキンヘッドの背中にはナイフが刺さったまま残されている。

「ああ、たまんなく、うぜえ！」

レミがユミをめった打ちにする。骨の砕ける音がケンジの耳孔《じこう》に届く。

ユミは口から大量の血を吐き出し、痙攣《けいれん》していた。レミはなおも殴り続ける。その目がスキンヘッドの男に向いた。

「ああ、てめえもうぜえ！」

スキンヘッドの頭頂部を殴りつけた。皮膚が裂け、頭蓋骨が覗く。

「さっきから、うるせえな！」

スキンヘッドの男は、ホットパンツ女をゴミのように捨て、立ち上がった。

レミはスキンヘッドの頭に鉄パイプを振るった。頭蓋骨が割れ、脳みそが覗く。

スキンヘッドの男は、右手を伸ばし、レミの首をつかんだ。レミは息を詰めながらも不気味な笑みを浮かべ、鉄パイプを振り続ける。

スキンヘッドは、レミの首を握り、持ち上げた。レミの踵《かかと》が浮き上がる。レミが脚《あし》をばたつかせる。抗《あらが》うほどに男の指がレミの細い首に食い込む。

やがて、レミの首が真横に折れ曲がった。レミの手から鉄パイプが落ちた。狂気に満ちた両眼が光を失った。

男の目がケンジを捉《とら》えた。

ケンジの相貌《そうぼう》が引きつった。逃げたい。が、身体が強ばり、動けない。

男が迫ってくる。

「やめろ……やめろ！」

ケンジが叫んだ。

男は急に足を止めた。レミをつかんだまま、前のめりに倒れる。男は突っ伏したまま、動かなくなった。

背中に刺さったナイフの傷口からは、とめどなく血が溢れている。倒れた拍子に、裂けたスキンヘッドから脳みそがこぼれた。

「なんて、ヤクだ……」

ポケットに入れていた小袋を投げ捨てた。

「知らねえ……オレ、知らねえ……」

ケンジは膝を叩いて立ち上がり、無我夢中で走った。

第一章　P2登場

1

廃材が転がっている廃倉庫に三人の少年がたむろしていた。三人とも派手な服装に身を包んでいる。

三人の前には、裸の女が転がっていた。引き裂《さ》かれた衣服が埃《ほこり》にまみれ、無残な姿を晒《さら》している。白い肌には無数の擦《す》り傷や打撲痕《だぼくこん》が刻まれている。女には息はあるが、すべての感情を失ったように薄闇を見つめ、ぴくりとも動かなかった。

「壊れちまったかな?」

グレーの髑髏《どくろ》柄のパーカーを着た少年が言った。

「まあ、いいんじゃねえの?　死んでねえし」

黒い髑髏柄のスエットに身を包んだ金髪斑《まだら》の男が片頬を上げた。

「どこかに売っちまうか」

ダウンの入った黒いレザージャケットに身を包んだ坊主頭の男が言った。

「それもそうだな。でも、その前にもう一度楽しませてもらおう」

パーカーの少年が女ににじり寄る。

坊主頭と金髪斑の男は廃材の上に座り、にやにやしながらパーカー少年の様子を見ていた。坊主頭の少年がタバコを咥《くわ》え、火を点《つ》けようとする。

その時、突然、倉庫の外で爆発音が轟《とどろ》いた。鳴動する。

少年たちはびくりと肩を竦《すく》ませた。

「なんだ、今のは……」

坊主頭の男がタバコを咥えたまま、音のした方を見やる。炎が立ち上り、闇が紅く染まり、揺れていた。

「見てこい」

坊主頭の男が言った。

金髪斑の男が廃材から降り、出入口に駆けていく。ドアを開けた。

瞬間、男の身体が舞い上がった。弧を描き、背中から地面に落ちていく。

ドア口の様子を見ていた坊主頭とパーカーの少年は気色《けしき》ばんだ。

揺らぐ炎の陰から男が現れた。シングルのライダースを着た背の高い、がっしりとした体軀《たいく》のシルエットが浮かび上がる。

倒された金髪斑の男が立ち上がった。男を睨《にら》みつけ、歩み寄る。

「なめてんじゃねえぞ、こら！」

怒声と共に胸ぐらをつかむ。

男は少年のこめかみを左手の親指と小指でつかんだ。ぎりぎりと絞《しぼ》る。

少年は呻《うめ》き、男の腕を掻《か》きむしった。男は涼しげな表情で金髪斑少年を一瞥《いちべつ》し、右の拳を叩き込んだ。

少年の腰が折れた。眼を剝《む》き、胃液を吐き出す。男が手を離すと、少年の膝《ひざ》が折れ、その場に沈んだ。

残った二人の少年が立ち上がった。男ににじり寄る。

「須藤《すどう》ってガキはどいつだ？」

男が少年二人を睥睨《へいげい》する。

レザージャケットを着た坊主頭の少年が歩み出た。

「なんだ、てめえは？」

「須藤和士《かずし》だな？」

「だったら、どうした」

須藤は男の前に歩み出て、鼻先を突き出した。両眼を剝いて、男を睨む。が、男は平然と見返した。

「婦女暴行、強盗、傷害、覚醒剤取締法違反、道交法違反で、逮捕状が出ている。俺と一緒に来てもらうぞ」

「サツか！」

須藤の顔が強《こわ》ばる。

男は横ポケットから黒いパスケースを出した。開いてみせる。上部には顔写真入りの身分証が、下部には記章が入っている。が、金色であるはずの記章は銀だった。

「おいおい、レプリカか？」

「プライベートポリスだ」

「なんだ、そりゃ？」

須藤が片眉《まゆ》を上げた。

「私設警察ってか。そいつはいい！」

大声で笑う。パーカーを着た少年も嘲笑した。

「私設ではない。公式なものだ」

「笑わしてくれるな、おっさん。そんなものを信じるとでも思ってんのか？」

パーカーを着た男が笑声を立てる。

男は一瞥して、須藤に目を向けた。

「てめえ、一人で来たのか？」

須藤が訊《き》く。

「当たり前だ。おまえらみたいなガキを捕まえるのに人数はいらん」

「そうかい。そりゃあたいした自信だな」

須藤が後退した。ポケットからナイフを取り出す。ストッパーを外し、振る。ソケットから刃が飛び出した。

パーカーの少年が伸縮警棒を振り出した。出入口で倒れていた金髪斑の少年も立ち上がっていた。拳にはメリケンサックをつけていた。

男は腕を下ろし、自然体で構えていた。須藤を睨みつつ、周囲の気配を探る。

「こんなおやじ、オレ一人で充分だ」

須藤が手元のナイフを揺らした。

「須藤、殺すなよ」

パーカーの少年が言う。

「バカ言ってんじゃねえ、青柳《あおやぎ》。生かして帰したら、武闘派で知られる髑髏《どくろ》連《れん》の恥だ。オレたちに楯突いたらどうなるか、しっかりと教えてやるよ」

須藤は奥歯を嚙《か》みしめた。ふっと身体が揺れる。瞬間、ナイフを突き出した。

男は前へ踏み出した。半身を切り、脇《わき》を少し開く。須藤の腕が男の脇をすり抜ける。

すかさず男は、須藤の肘《ひじ》に左腕を巻きつけた。力を込めて絞る。

須藤が絶叫した。持っていたナイフが手元からこぼれた。須藤の右腕はあらぬ方向に折れ曲がっていた。

男は須藤の襟首《えりくび》をつかんだ。地を這《は》うような右アッパーを突き上げる。拳が須藤の腹部にめり込む。下半身が浮き上がった。

須藤は双眸《そうぼう》を見開き、血混じりの胃液を吐き出して突っ伏した。動かない。

青柳と呼ばれたパーカーの少年と背後にいた金髪斑の少年は、あまりに圧倒的な力を目の当たりにし、色を失った。

金髪斑の少年がスマートフォンを取り出す。

「やめておけ。怪我人が増えるだけだ」

男が肩越しに少年を見据えた。少年は肩を竦め、手を止めた。

「だが、それじゃあ、オレたちのメンツが立たねえんだよ」

青柳が伸縮警棒を握る。

男は青柳を睨み据えた。

「何がメンツだ！」

声を張った。青柳も背後の金髪斑の少年も縮み上がった。

「いたいけのない少女を蹂躙《じゅうりん》して、五十歩百歩の連中を殴り倒すのがおまえらのメンツか！　何が武闘派だ！　やっていることはゴキブリ以下だ！」

恫喝《どうかつ》する。

二人とも気圧《けお》されていた。

「こいつを連れていく。それと、その彼女もだ」

男は倒れている女性に目を向けた。

「もう大丈夫だ。こっちへおいで」

優しく微笑む。女性は立ち上がり、ふらふらと男の下《もと》へ来た。男は柔らかく女性を抱きとめた。ライダースを脱ぎ、上半身にかける。

男は女性の肩を抱き、左手で須藤の首根っこをつかみ、引きずりながら出入口へ向かおうとした。

「待て、こら」

青柳が呼び止めた。

立ち止まり、肩越しに振り向く。

「脅《おど》されて、はいそうですかと仲間を差し出すほど、甘くはねえんだよ」

「本気か？」

男は静かに青柳を見据えた。

「オレはこれでも髑髏連の三代目総長だ。このまま帰したとあっちゃあ、この世界で生きていけねえ」

「この世界とはどの世界だ？　おまえら、流心会《りゅうしんかい》の下部組織だろう。そんな看板を背負ってどうする。解散して、他の世界で生きたらどうだ？」

「てめえに指図される覚えはねえ、クソジジイが！」

「おいおい、ジジイはないだろう。こう見えてもまだ三十五だ。それに俺とおまえらでは年季も格も違う。相手にならないぞ」

「何が格だ！　ざけんじゃねえぞ、こら！」

「……仕方ないな」

男は小さく息をついた。

「お嬢さん。ちょっと下がっていてもらえるかな。すぐに終わるから」

女性に微笑みかける。

女性も笑みを返した。が、その眦《めじり》が強ばった。

「後ろ！」

叫ぶ。

青柳が迫ってきていた。伸縮警棒を頭頂部に振り下ろす。

警棒は頭頂を捉《とら》えた。頭皮が裂け、血があふれる。こめかみや額に血の筋が走った。

「何が格だ、クソ野郎が」

青柳は再び警棒を振り上げた。女性は両手で顔を覆《おお》った。

男は振り向きざま、青柳の右上腕をつかんだ。青柳の腕が止まる。男は青柳の上腕を握り絞った。青柳の表情が歪《ゆが》んだ。

「こんなもんで殴ったら、死んじまうだろうが！」

怒鳴ると同時に、右拳を突き出した。

青柳が両腕で顔面をガードする。が、男の拳はガードを弾き飛ばし、青柳の鼻頭に食い込んだ。

青柳の顔が歪んだ。鼻腔から血を噴き上げ、後方に吹き飛ぶ。青柳は仰向けに落ち、背中を強《した》かに打ちつけ息を詰めた。

「どうした？　終わりか？」

男はポケットからタバコを出し、咥え、火を点けた。余裕をにじませ、紫煙《しえん》を吐き出す。

青柳は口に溜まった血を吐き出した。折れた歯が床に転がる。

「くそったれ！」

青柳が拳を固め、向かってきた。

男は咥えタバコのまま、すいすいとかわした。大振りのパンチが空を切る。青柳の肩が激しく上下する。息が上がっていた。

金髪斑の少年は、あまりの力の差を目の当たりにし、逃げ出した。

「ほら、お仲間は逃げちまったぞ。武闘派を気取ったところで、おまえらなんぞはそんなもんだ。弱いヤツをいたぶって、自分が強くなっているだけだ。くだらないとは思わんか？」

「オレは逃げねえ！」

ふらふらになりながらも、拳を振り回す。

男は左腕で、青柳の右フックを受け止めた。

「その根性、別のところで使え」

右の拳を腹部にねじ込んだ。

「ぐおっ……」

青柳は目を剝いた。血反吐《ちへど》を吐く。拳が離れた途端、青柳の両膝が落ちた。立とうともがくが、突っ伏したまま腰は上がらない。

男は携帯を出した。

「——もしもし、城島《じょうじま》だ。手配中の須藤は捕まえた。晴海《はるみ》のE－3という廃倉庫にいる。所轄でいいから、すぐによこしてくれ」

手短に用件を伝え、携帯を切った。

男は青柳を見下ろした。

「髑髏連だか何だか知らんが、解散しちまえ。おまえらだけじゃ抜けられないというなら、俺が仲立ちしてやる。俺はP2の城島恭介《きょうすけ》だ。おまえらの嫌いな警察に訊けば、誰でも知っている。いつでも言ってこい」

2

翌日、恭介は警視庁本庁舎へ出向いた。ハーレーダビッドソンを玄関脇に停め、ヘルメットをハンドルに引っかけ、正面玄関の階段を上がっていく。

「あら、恭さん」

受付にいた総務の女性警官が微笑みかけてくる。

恭介は右手を挙げて、カウンターに近づいた。肘をついて寄りかかり、声をかける。

「やあ、沙枝《さえ》ちゃん。今日もきれいだね」

「またあ。誰にでもそんなこと言ってるんでしょう、いつも」

「誰でもじゃない。きれいと思ったお嬢さんにしか言わないよ。ところで、俺とはいつデートしてくれるのかな?」

「その調子のよさが直ったら、考えてあげる」

沙枝はいたずらっぽく笑う。

「で、今日は何の用?」

沙枝が訊いた。

「岡尻《おかじり》は？」

「ちょっと待ってね」

沙枝は職員の在庁状況をチェックした。

「まだ庁内にいるみたい。呼び出しましょうか？」

「組対《そたい》部屋だろ。いいよ、行くから」

「ＩＤは持ってきた？」

沙枝が訊く。

恭介はライダースの内ポケットから、身分証を出して見せた。

「じゃあ、デート楽しみにしてるぞ」

恭介は手を振り、エレベーターホールへ歩いた。

エレベーター横のセンサーに身分証をかざす。ドアが開いた。乗り込んだ恭介は、組織犯罪対策部の部屋がある七階フロアのボタンを押した。エレベーターが音もなく昇っていく。

途中、三階で止まり、ドアが開いた。若い刑事が乗り込んでくる。

「こんにちは、恭さん」

親しげに挨拶《あいさつ》をしてくる。恭介は、手を挙げて応《こた》えた。

「今日は何ですか？」

「須藤の件の報告だよ」

「ああ、髑髏連の。また無茶をしたそうですね」

「ちょっとお仕置きしただけだ」

「総長の青柳という少年、全治一カ月らしいですよ」

「ああいうガキにはいい薬になるだろう」

「髑髏連は解散するそうです。青柳の容体が回復したら、解散届を出すそうですよ」

「賢明だな。流心会の動きについて、何か情報は入ってきていないか？」

「さあ。僕は、担当外ですから」

話しているうちに、エレベーターが七階へ着いた。若い刑事が先に恭介を出す。

「岡尻主任でしょう。呼んできましょうか？」

「頼む」

恭介が言う。若い刑事は一足先に組対部の部屋へ入った。

「主任。城島さんが来てますよ」

若い刑事の声が聞こえる。

恭介がドアを潜る。

「おお、恭さん」

「城島。派手にやったらしいな、今回も」

部屋にいた刑事たちが次々と親しげに声をかけてくる。

恭介は刑事たちに笑みを返した。

すると、奥の部屋から岡尻が顔を出した。恭介とは違い、かっちりとしたスーツに身を包む好青年だ。手に資料を持って近づいてくる。

「第三会議室だ」

無愛想に言い、恭介の脇を通り過ぎる。

恭介は他の刑事たちに肩を竦《すく》めて見せ、岡尻のあとについて、第三小会議室に入った。ドアを閉じる。岡尻は資料をテーブルに叩きつけ、一番奥の席に腰を下ろした。

恭介は右斜め前の椅子に座った。

岡尻は深呼吸をし、恭介を睨みつけた。

「どういうことか、聞かせてもらおうか」

「どうもこうもない。依頼通り、須藤を検挙しただけだ」

「それだけじゃないだろう！」

岡尻はテーブルを叩いた。

恭介は眉一つ動かさない。ポケットからタバコを出し、咥える。

「禁煙だ！」

「はいはい」

ため息を吐《つ》いて、タバコをポケットに戻す。

「証拠物焼失、青柳真一《しんいち》に対する暴行。婦女暴行事案の隠蔽《いんぺい》。そこまでは、頼んでないぞ」

「青柳というガキの話なら正当防衛だ。バイクを押収しても、結局は連中に返すだけだろう。だから、燃やしてやった。二度と連中が悪さしないようにな。婦女暴行事案に関しては、現場で助けた彼女に告訴するか訊いたが、事を荒立てたくないと言うんで、そのまま帰しただけのことだ」

「それが余計なことだと言っているんだ!」

「まあ、そうカリカリしなさんな」

恭介は両肩を上げた。

「それか、ひょっとして何か? 暴行事案で連中全員を検挙して、見せしめにでもするつもりだったのか?」

恭介が言う。

「そうではない」

「見せしめなら、須藤が逮捕され、青柳があれだけやられたんだ。充分だろうが」

「しかしやつらは、流心会の下部組織で」

「知っている、そのぐらい。だからますます一網打尽にするのはどうかと思うぞ。考えてみろ。やつらに前科がつけば、二度とまともな場所には戻れなくなる。前科でハクがつくのはヤクザぐらいなもんだ。少年犯だから、二、三年もすりゃあ出てくる。ヤツらがハクつけて、シャバに戻ったらどうなる。立派な流心会の構成員となって、また新たな髑髏連を作る。もっと巧妙にな。そうなりゃ、今とは比較にならないくらい取り締まるのが大変になっちまうぞ」

「そこまで考えて、青柳に暴行を加えたというのか?」

「まあ、あれは生意気なガキにむかついたんで、世間を教えてやっただけだ」

恭介が言う。

岡尻は大きく息をついて、うなだれた。

「ともかく……始末書は書いてくれよ」

「書く必要ないだろう」

「そうもいかないんだ。今回の件が過度の暴行だとか、犯罪の隠蔽行為だという声が上層部《うえ》の一部で挙がっている。少しは反省しているといった態度を示してくれ。でないと、このP2制度の存続にも影響してくる。内部には、おまえらの存在を快《こころよ》く思っていない人間も多いんだ」

「まったく。組織ってのはどこも同じだな。動かねえやつに限って、勝手なことばかりぬかしやがる」

「そういう人ばかりじゃないんだがな」

「わかってるよ。すまなかったな、迷惑かけて」

「みんな、わかっているんだ。これだけ犯罪が多様化している時代にP2制度がないと追いつかないということはな。ただ、昔から叩き上げてきた人たちは、フリーを気取っているおまえたちがどうにも気に入らないらしい」

岡尻はため息をついた。

P2制度というのは、警察から依頼を受けた民間人が警察の代わりに犯人を捜索、検挙するという制度だ。〝プライベート・ポリス〟の頭文字を取って〝P2〟と呼んでいる。

P2は免許制だ。警察で試験や講習を受け、適任とされた者だけが資格を与えられる。P2に任せられるのは主に逃亡犯の捜索だが、腕のいいP2は時に凶悪犯の捜索を現場刑事たちの捜査と並行して行うこともある。

P2が犯人を捕まえるまでの手当は初級公務員並。捕まえた時点で成功報酬を受け取る仕組みとなっている。

現場の刑事たちが毎日頻発する事件の処理に追われる中、下がる一方の検挙率に歯止めをかけるため、アメリカの賞金稼ぎを参考にして導入された警察庁主導のシステムだった。

現在、全国都道府県で三十人のP２がいて、それぞれ犯人検挙のため、全国を飛び回っている。

実績は着々と上がっているが、まだ創設されて二年しか経っていない新しい制度だけに、昔ながらの警察官や警察官僚の中には快く思わない者もいるのが事実だった。

「まあしかし、ベテランさんの気持ちはわかるよ。同じ犯罪者を追う立場なのに、俺たちには時間の拘束もなけりゃ、捜査手順がどうあれ、あまり小うるさいことを言われないからな」

恭介が言う。

「そういうことを反省文に盛り込んでくれ。そうすれば少しは上層部の気も収まるだろうから」

「おまえも苦労するな」

「慣れているよ」

岡尻は目を伏せ、微笑んだ。

「青柳の容態は？」

「全治一カ月の診断だが、二週間もすれば、退院できるだろう」

「他のメンバーは」

「青柳のスマートフォンから住所氏名を割り出して、自宅待機を通達している。須藤と青柳が完膚なきまでにやられたことが相当ショックだったのだろう。みな、おとなしく我々の指示に従っているよ。青柳も髑髏連を完全に解散することには同意している」

「それでいい。流心会は？」

「まだ動きは見せてない。このまま関係ないという線で押し通す気かもしれんな」

「やつらも貴重な収入源を潰《つぶ》されたんだ。黙っているとは思えないが」

「狙われるとしたら、おまえだ。気をつけろよ」

岡尻が恭介を見やる。

「ヤクザごときに殺《や》られやしないよ」

「自信も結構だが油断はしないことだ。報酬は今月末に振り込んでおく」

「助かるよ。次の仕事は？」

「当分はないかもしれん。上層部のほとぼりが冷めるまではな」

「いいのか？　P2一の腕を遊ばせといて」

「仕方がない。とにかく、始末書は早急に頼むぞ」

「書いておくよ。あ、それと、髑髏連と流心会の窓口になっていたヤツの名前と住所を教えてくれ」

「何する気だ？」

「話に行くだけだ。青柳に、仲立ちしてやると約束したもんでな。それだけはきっちりとやらねえと。それとも、そっちで話をつけてくれるか？　今後一切、あいつらに手を出させないと。だったら、俺は手を引くが」

「足下見やがって……」

岡尻は渋々ファイルを開き、髑髏連の資料の中から上納を管理していた人間の顔写真入り履歴書を出した。

「流心会準構成員、宇野啓《うのけい》。初代髑髏連の特攻隊長をしていた男だ」

「ぶさいくな面をしてやがるな」

恭介は、アンパンさながらに膨れた顔の写真を見てつぶやいた。

「無茶はするなよ」

「話に行くだけだと言っているだろう。心配するな」

恭介は履歴書をポケットにねじ込み、席を立った。

3

「バカ野郎！」

黒いスーツを着た男が、太った男の胸ぐらをつかみ、思いっきり頬《ほお》を殴りつけた。

殴られたデブ男が倒れる。脂肪で膨らんでいた顔に無数の痣《あざ》ができ、さらに膨れあがっていた。デブ男はすぐ起き上がって正座し、額を床にこすりつける。

「す……すみません！　おとしまえはきっちりつけさせてもらいます！」

デブ男は懐から短刀を取り出した。鞘《さや》を投げ捨て、左手の小指を突き出し、その脇に刃を立てる。

男は鈍く光る刃を見据え、肩を揺らして呼吸をした。こめかみから脂汗《あぶらあせ》が噴き出し、両手の先は震えている。いつ指を飛ばすのかと見ていたが、男の顔が蒼《あお》くなるだけで、一向に刃を下ろそうとしない。

「何やってんだ、てめえはよ！」

黒スーツの男はデブ男の頭を蹴飛ばした。

男がまた床に転がる。

「根性もねえくせに、いっぱしの仁義切ろうとするんじゃねえ！　てめえの指なんざいらねえから、とっとと須藤をパクったヤツの首を取ってこい！」

ドスの利《き》いた声で恫喝する。

デブ男は正座になり、涙目で背を丸めた。

「まあ、落ち着け、加志田《かしだ》」

背後から低い声が響く。黒スーツの男が頭を下げ、脇に退《の》いた。

男の背後には大きな黒檀《こくたん》の執務机があった。背もたれの高い椅子に、白髪頭をオールバックに整えた壮年紳士が座っている。

流心会会長、蘆川隆三《あしかわりゅうぞう》だった。

蘆川は机に両肘をつき、目の前で正座しているデブ男を見据えた。

「宇野。須藤をパクって青柳を入院させた男というのは、何者だ？」

「Ｐ２の城島恭介だと名乗っていたそうです」

「Ｐ２？　なんだ、そりゃ？」

加志田が首を傾《かし》げる。

「そうか、Ｐ２か。厄介だな……」

「会長、ご存じで？」

加志田が蘆川を見た。

「警察から犯人捜索依頼を請け負い、動いている連中のことだ」

「民間人ですか？」

「ああ。民間とはいえ、逮捕特権を持っている連中だから、警察と変わりゃしない。ただ、連中はみなフリーの立場だから、俺たちにも実態がつかめていない。こないだの総会で話題に上がっていた」

「そんな連中がいたとは……」

「他の組の連中は知っていたぞ」

蘆川が睨む。

「すみません」

加志田は深く頭を下げた。

蘆川は、宇野に目を戻した。

「その城島ってヤツのヤサは、わかっているのか？」

「いえ、まだ……」

「三日やる。それまでに探し出してカタをつけてこい」

「会長。サツ関係の人間を殺るのはまずいんじゃねえですか？」

加志田が口を挟む。

蘆川が双眸を剝いた。

「そんな料簡《りょうけん》だから、P2みたいな犬に踏み込まれるんだ。邪魔なヤツはサツでも何でも殺っちまえ」

「すみませんでした！」

加志田は深々と頭を下げた。

「宇野、行くぞ」

加志田は、宇野の襟首をつかんで立たせようとした。

「待て待て。相手は民間人だ。宇野一人で充分だろう」

「わかりました。おら、早く殺ってこい！」

加志田は宇野の尻を蹴飛ばした。

宇野は尻を押さえて深々と一礼し、小走りに部屋を出た。

加志田は宇野を見送り、蘆川の机の前に戻った。

「宇野一人で大丈夫ですか？」

「殺れようが殺れまいが関係ない。ヤツが須藤たちをパクったＰ２を襲えば、髑髏連の件を全部あいつに被《かぶ》せてしまえる。暴走族上がりのチンピラなど、いくらでも替えは利く」

「なるほど？」

加志田が片頰に笑みを滲《にじ》ませる。

「それより、おまえには別の仕事を頼みたい」

「何です？」

加志田は蘆川を見やった。

「こないだ、小滝町の公園でガキどもが殺し合いをした事件を知っているか？」

「クスリでイカレて皆殺しにしちまったとかいうやつですか？」

加志田の言葉に、蘆川が頷《うなず》く。

「それが、どうかしたんですか？」

「ついさっき連絡があってな。そのガキどもが使ったクスリというのは、どうやらサンダーだったらしい」

「本当ですか！」

加志田の眉間に皺《しわ》が立った。

「井藤《いとう》の情報だ。間違いない」

「じゃあ、中安《なかやす》が、うちからかっぱらったサンダーを流しているってわけですか？」

「だろうと思うが、妙な噂《うわさ》も入ってきている」

「噂とは？」

「うちが直取引をしているはずのサンダーを別の新興組織が扱っているという話だ」

「なんですか、そりゃ。将軍は何と言っているんです？」

「アガルマは断じてそういうことはないと言っている。ヤツとは長い付き合いだ。俺もその言葉を信じてはいるがな……」

「新興組織の素姓は？」

「まったくわかっていないそうだ。髑髏連の件はしばらく放っておけ。サンダーを独占できなければ、連中の使い道はないからな。おまえは新興組織と中安の行方《ゆくえ》を追え。モタモタしてサンダーが安価で出回ると、命取りになりかねん」

「わかりました」

加志田は一礼して、部屋を出た。

蘆川は椅子にもたれ、深く息を吐《は》いて宙を見据えた。

4

宇野は双眸を剥いて、肩を怒らせ、歩いていた。すれ違う通行人は、尋常ではない宇野の形相におののき、遠巻きにやり過ごしていた。

「宇野さん。どうしたんですか？」

天然パーマの若者が駆け寄ってきた。

「どうもこうもねえよ！」

宇野は怒鳴りつけた。

「すんません……」

肩をすぼめて小さくなる。

「三代目、解散するそうですね」

若者は愛想笑いを浮かべ、話題を振った。

宇野のこめかみに血管が浮かぶ。宇野は若者の胸ぐらをつかんだ。

「うるせえな。殺すぞ、てめえ！」

「すんません、すんませんでした」

若者が顔を引きつらせた。

宇野は若者を突き飛ばした。若者がそそくさと去って行く。残像に唾《つば》を吐きかけた宇野は足を踏み鳴らし、自宅マンションのホールへ入った。

「もうすぐ組員になれるとこだったのによ。城島って野郎、見つけたらギタギタに刻んでやる」

エレベーターに乗り込み、五階のボタンを押す。宇野はエレベーター内でタバコを咥え、火を点けた。イライラが募《つの》り、フィルターが歯型で凹《へこ》む。

五階で降り、最奥の部屋の前で立ち止まった。

「令子《れいこ》、俺だ！　開けろ！」

怒鳴り、ドアを叩く。

中から人が出てくる気配はない。

「令子！」

宇野はドアを蹴飛ばした。

バーを握る。ドアバーが落ち、扉が開いた。

「いるんじゃねえか。何やってんだ」

ドアを引き開け、中へ入る。

靴を脱ぎ捨て、廊下を進む。リビングのドアを開けた。

「何やってんだ、クソアマ――」

中の人影に向け、怒鳴った。

が、ドア口で足を止めた。

見慣れたソファーには大きな黒い影がそびえていた。背を向けている。

「誰だ、てめえ……」

宇野は懐《ふところ》に右手を差した。短刀を仕込んである。柄を握り、鯉口を切った。

「初代髑髏連の特攻隊長、流心会準構成員の宇野啓だな？」

男が振り向いた。

見たことのない顔だった。眉毛は濃く、鼻筋も通った端整な男だ。が、その眼力は見る者を威圧する。

「令子はどこだ？」

「姉さんか？　ちょっと席を外してもらった。おまえに話があるんだ。座れ」

「座れだと？　誰に命令してやがるんだ」

鞘から短刀を抜き出す。

「おまえと俺しかいないだろう」

男は笑みを浮かべた。

「ふざけんじゃねえぞ、こら」

宇野は切っ先を立てた。柄頭に右手を添え、低い体勢で突っ込む。

刃がソファーの背もたれを貫いた。不意打ちだ。男の身体も動いた様子はない。宇野はにやりとした。

が、突然、男に髪の毛をつかまれた。思いきり引っ張られる。宇野の巨体は背もたれを乗り越え、浮き上がった。背中からテーブルに落ちる。木製のテーブルが砕《くだ》けた。

「いきなり、何をするんだ。危ないヤツだな」

男が右脚を振り上げた。踵《かかと》が弧を描く。男の踵は、宇野の腹にめり込んだ。

宇野は目を剥いて呻いた。

背もたれを見やった。椅子を貫いた切っ先は男の身体のわずか数センチ右横に突き出ていた。避《よ》けたようには見えなかったが、とっさに避けたということか。それとも、自分が的を外したか。

いずれにせよ、ただ者でないことだけはわかった。

「話があると言っただろう。そっちに座れ」

男は宇野の脇腹を蹴り飛ばした。

身を捩《よじ》る。宇野は腹を押さえて身体を起こし、差し向かいのソファーに座った。

男は右腕を伸ばし、ソファーに刺さった短刀を取った。柄を持って刃先を振りながら、宇野を見据える。

「誰なんだ、てめえは……」

「城島恭介という」

「てめえ！　P2の城島か！」

「知っているのか。なら、話は早い。今後一切、髑髏連の連中と接触するな」

「誰に命令してんだ」

「おまえに、だよ。青柳にも、パクられた須藤にも、他のメンバーにも一切関わるな。そうすりゃ、二度とおまえの前には現れない」

「ふざけんなよ。誰が、てめえの言うことなんか――」

宇野が懸命に粋がろうとした時だった。

恭介は短刀をソファーに突き刺した。刃を深くねじ込み、ウレタンを抉《えぐ》り出す。

宇野はたちまち蒼白になった。

「おまえらも闇《やみ》討ちが得意なのかもしれんがな。俺はおまえらの比じゃねえぞ。おまえが瞬《まばた》きする間もなく、喉笛《のどぶえ》をかっ捌《さば》くこともできる。死んじまったら、言うこと聞くも聞かないもねえよなあ。宇野さんよ」

恭介は再び短刀をソファーに刺した。

宇野はびくりとし、ソファーから跳《は》ねた。

「わ、わかった……。連中にはもう関わらねえよ」

「頼むぞ。もう人は殺したくねえからな」

「もうって……。殺したことがあるのか？」

「さあな」

恭介は笑みを滲ませ、立ち上がった。

「あ、そうそう。令子という姉さんな。髑髏連が解散することやら、おまえの立ち位置やらを話したら、愛想尽かして出て行ったぞ。ついでだから、姉さんは自由にしてやれ。ストーカーまがいのことをしていると耳に入った時は――」

恭介は短刀を投げた。

刃が回転し、宇野に迫る。宇野は硬直した。切っ先が頬を掠《かす》め、後ろの壁に突き刺さった。切れた皮膚に血が滲む。宇野は眦を引きつらせ、生唾を呑み込んだ。

「ということだ。いろいろとよろしく頼むぞ、本当に。無益な仕事はしたくねえからな」

そう言い、恭介は部屋を出た。

リビングのドアが閉まり、足音が遠退いていく。

玄関ドアの閉まる音がした。

青ざめていた宇野の相貌《そうぼう》がみるみる赤くなっていく。

「ふざけやがって……ふざけやがって！」

宇野は怒鳴った。

立ち上がって、壁に刺さった短刀を引き抜き、ドアに投げつける。短刀はドアに跳ね返り、床に刺さった。

宇野は両肩を揺らし、恭介の残像を見据えた。

「殺ってやる。必ず、ヤツをぶっ殺す！」

宇野の双眸は血走っていた。

5

三日が経った。

恭介は警察病院を訪れていた。

「ここか」

病室ドア横のネームプレートに〝青柳真一〟の名前を認め、立ち止まる。恭介は、ノックもせずにドアを開き、中へ入った。

ベッドを見やる。青柳はカーテンの隙間《すきま》からこぼれる陽射しを浴び、うたた寝していた。

恭介はそっと近づき、パイプイスをたぐり寄せ、ベッド脇に座った。

物音に気づいて、青柳が重い瞼《まぶた》を開いた。途端、青柳の目が強ばる。

「てめえ！」

反射的に起き上がった。腹と背中に鈍い痛みが走る。顔をしかめてうずくまった。

「威勢だけは一人前だな」

「うるせえ」

青柳は恭介を睨みつけた。

「何しにきやがった」

「熱くなるな。報告に来ただけだ」

「報告だと?」

「約束通り、おまえらを使っていた流心会の宇野とは話をつけてきた。ヤツが二度とおまえやメンバーたちに接触することはない」

「そんな簡単に話がつくわけねえだろう。相手はヤクザだぞ。てめえがいくらサツとつながっているからって、あの人が言われたぐらいで引くわけねえ——」

青柳は襲ってくる痛みに顔貌を歪めた。

「寝てろ」

恭介が手を差し伸べようとする。青柳はその手を払い、恭介を見据えた。

「てめえ、殺られんぞ」

神妙な面持ちで言う。

恭介は笑い出した。

「何がおかしいんだ！」

「いや、すまん、すまん。強烈なしかめっ面で〝殺られんぞ〟なんて言うもんだから、つい」

「シャレじゃねえんだ！　宇野さんに会ったなら、わかるだろ。あの人、ケンカは強くねえ。なのに、うちの初代特攻隊長も務めて、ホンモノになっちまった。なぜか、わかるか？」

「たいして興味もないが、聞いてやろうか」

「あの人はしつけえんだよ。ちょっとしたことでも恥をかかされりゃ、どこまでも追っかけてって、どんな手を使ってでもカタをつけるんだ。てめえは、あの人の手足をもぎ取って、でけえ恥をかかせたんだ。間違いなく、殺られるよ」

「人間、そう簡単に殺せるもんじゃない」

「それが甘えって言ってんだ！」

「そういうことだ」

病室のドアが開いた。青柳の眦が引きつった。

室内の空気が一瞬にして張り詰める。

恭介は気配を探った。足音は複数。左右に顔を傾け、肩越しに背後を見やる。三人の男がいた。宇野を真ん中にして、両脇に男が立っている。宇野を含め、三人とも強烈な殺気を放っていた。

「てめえがここに来るんじゃねえかと思って、張らせてたんだよ」

「ここがどこか、わかっているのか？」

恭介が背を向けたまま言う。

「警察病院だろ？　それがどうした」

宇野と他二人の男がじりじりと迫ってくる。

「上に、てめえを三日以内に殺れって言われてるんだ。今日がその期限なんだよ。場所なんか、かまってられるか」

宇野が言う。

青柳の相貌が思いきり引きつった。青柳の視線を追う。宇野の手元に黒い固まりが握られていた。

「銃か。こんなとこでぶっ放したら、どうなるかわかってるんだろうな」

「関係ねえよ。おい」

宇野が言う。

両脇の男二人が動いた。ベッドを回り込み、窓側に移動する。青柳の両腕と両肩をつかんで、上体を起こさせた。

青柳が痛みに顔をしかめる。右脇の男が、青柳の喉元に短刀を押しつけた。

宇野は口辺を歪め、恭介の背中を見据えた。

「両手を挙げて、ゆっくり立て。妙な動きをしやがったら、青柳を殺す」

宇野が口辺を吊《つ》る。

青柳は唇を震わせた。

恭介は動揺する青柳に微笑みかけた。

「心配するな。おまえを殺させやしない」

恭介は両手を広げて挙げ、背中を向けたまま立ち上がった。

「こっちを向きやがれ」

「いいのか？」

「余裕こいてんじゃねえよ。さっさと向け！」

低い声で怒鳴る。

恭介は両手を挙げたまま、ゆっくりと振り返った。

宇野は顔を紅潮させていた。

「そんなに力んでちゃあ、的外すぞ」

「それはそれはご丁寧に。けど、外すわけはねえ」

宇野が近づいてきた。胸元に銃口を押し当てる。

「確実にやるなら、頭じゃないか？」

「一発で殺すようなマネはしねえ。てめえには、散々コケにされたからな」

左拳を恭介の頬に叩き込んだ。

恭介の顔が傾く。口唇が切れ、血が滲む。恭介はゆっくりと顔を起こし、宇野を見据えた。宇野は、勝ち誇ったような笑みを浮かべている。

「そんな余裕ぶっていて、大丈夫なのか？」

「どうするってんだ、この状況で」

銃口を押し当てる。

恭介は銃に目を落とした。

「ダブルアクションのリボルバーか。今どき珍しいな。初撃ちはハンマーを起こしておいたほうがいいぞ」

「知ったふうな口を利くんじゃねえよ。どうにかできるもんなら、やってみやがれ」

「そうさせてもらおう」

恭介はそう言うなり、右手を素早く下ろした。宇野が引き金にかけた指を引こうとする。が、宇野の指が止まった。

恭介は右手でシリンダーごと銃を握っていた。宇野が必死に引き金を引こうとする。が、ハンマーはぴくりとも動かない。

「ダブルアクションの銃はハンマーとシリンダーが同時に動く仕組みになっている。シリンダーが動かなきゃ、ハンマーは起きない」

恭介は握った銃を押し、下に傾けた。

宇野の手首が折れる。グリップを握っていた指が外れる。恭介は宇野の手から銃を引き抜いた。素早く銃把《じゅうは》を握り、銃口を宇野の顎《あご》下に押し当てた。

その間、数秒もない。宇野は身を強ばらせ、恭介の手元を見やった。

恭介はにやりとした。

「形勢逆転だ。あいつらを引かせろ」

恭介は顎を振り、宇野の背後に回った。こめかみに銃口を当てる。

「て……てめえら、青柳を放してやれ」

宇野が命令する。男二人は青柳の腕を離した。

「おまえら、俺の見えるところで床にうつぶせろ。早くしねえと、こいつを殺って、おまえらにも弾をぶち込むぞ」

ハンマーを起こす。カチャッという音に宇野の眦が引きつる。

「早くしろ！」

宇野の声がひっくり返った。男二人は渋々、広い場所に出てうつぶせになった。

「両手を後ろ頭に置け」

恭介が命令する。男たちは指を組んだ両手のひらを後頭部に添えた。

「おまえもだ」

恭介は宇野の尻を蹴飛ばした。

宇野はよろけて膝を突いた。背中を靴底で蹴飛ばすと、床に顔面をぶつけた。

恭介は鼻で笑い、ベッド脇のパイプイスに腰かけた。足を組み、三人に銃口を向ける。

「動くなよ。殺したくはねえから」

そう言い、青柳を一瞥する。

「な、言ったろ。心配するなって」

恭介は微笑んだ。

「あんた……何者なんだ？」

青柳は目を丸くしていた。

銃を向けられても一切動じず、瞬《また》く間に相手を制した。いろんな手練《てだ》れは見てきたが、これほど強い男は見たことがない。

しかし、恭介はさらりと言った。

「ただの民間人だ。青柳。ナースコールを押せ」

言われ、青柳がコールボタンを手に取る。が、宇野に睨まれ、指を止めた。

「気にするな」

「でも……」

「こいつらは、これでしまいだ。銃刀法違反に殺人未遂。しばらくは刑務所から出てこられない。それにな——」

恭介は語気に力を込めた。

「おまえの中にある恐怖心はおまえ自身で拭《ぬぐ》わないと、これから先もこいつに苦しめられることになる。いい機会じゃないか。ここで、おまえも変わったらどうだ。コールボタンはその第一歩だ」

恭介は青柳を見つめた。

青柳は逡巡《しゅんじゅん》した。

やがて大きく息を吐き、顔を上げた。宇野を見据える。宇野が睨み返す。青柳は宇野の眼を強く見返し、ナースコールを押した。

宇野は奥歯を噛みしめた。

「上出来、上出来。よくやった」

恭介は笑った。

病室へ看護師が入ってくる。

「青柳さん、どうしまし——！」

看護師は病室に踏み込んだ途端、息を呑んだ。

「看護師さん。本庁組対部の岡尻に連絡してくれ。流心会のザコを捕まえたからと」

「は、はい」

看護師はナースセンターへ駆け戻った。

「てめえも青柳も……覚えてろよ」

宇野が睨む。

「おまえもムショで頭冷やしてこい。しつこいか何だか知らねえが、おまえみたいな単細胞はヤクザに向いてねえ。まあもっとも、こんなヘタを打って、流心会に残れるか、いや、命があるかどうかもわからんがな」

恭介は眦に笑みを滲ませた。

まもなく、所轄の制服警官が病室になだれ込んできた。

「岡尻警部から連絡を受け、逮捕にまいりました」

「そこの三人だよ」

恭介は顎で宇野たちを指した。

警官が床にうつぶせた三人の手首に手錠をかけ、立たせる。

恭介は銃のハンマーを下ろし、警官に渡した。

「詳細は岡尻に報告しておくから」

「はい。失礼します」

制服警官は宇野たちを連れ、病室をあとにした。

部屋が静かになる。

「お疲れさん。これでもう連中は手を出してこないだろう」

恭介は青柳の肩を軽く叩き、立ち上がった。

「あの……」

「何だ？」

「退院したら、あんたのところに行ってもいいか？」

「いつでも連絡して来い」

恭介は、名前と携帯番号だけを書いた名刺をポケットから出してベッドに放り、右手を挙げ、病室を去った。

6

宇野が逮捕されて数日後、流心会の本部事務所があるビルに岡尻以下、組対部の捜査員たちが十数名乗り込んだ。

岡尻は会長室の応接ソファーに座っていた。向かいには加志田が、その後ろのデスクには会長の蘆川がいる。

互いに物も言わず、見据え合っていた。

岡尻の携帯が鳴った。携帯を耳に当てる。

「岡尻だ。うむ……そうか。引き揚げてよし」

短く指示し、携帯を切る。

六本木にある流心会支部に出向いていた部下からの電話だった。

背後のドアが開き、組対部員が入ってきた。岡尻に歩み寄り、耳元で小さく報告をする。

「わかった……。全員、撤収だ」

岡尻が言う。

部下は小さく頷き、会長室を出ていった。

「どうされましたか、岡尻さん」

蘆川が笑みを浮かべ、岡尻を見やる。

「今日のところは帰ってやる」

「帰ってやるとはなんだ。勝手に人んちをかき回しやがって。桜の代紋振りかざしゃあ、どんな因縁つけてもかまわねえってのか。え！」

加志田が岡尻を睨みつけ、怒鳴る。

岡尻は、加志田を静かに見返した。

「調子に乗るなよ、加志田。おまえのところの人間が銃を持っていたことは確かなんだ。なんなら徹底しておまえらのアラを探ってもかまわないんだぞ、こっちは」

岡尻は語気を強めた。

加志田の眦が引きつる。

「加志田、やめろ。岡尻さんもうちに出入りしていた人間が銃なんぞを持っていたから、こうしてうちへ来られたんだ。それも仕事ですからな、岡尻さん」

蘆川は穏やかな口調で言った。

余裕の笑みに、岡尻は歯ぎしりをする。

「しかし、これでうちに道具がないことは証明されたわけですな。最初にも言ったように、宇野は確かにうちに出入りしていた者ですが、道具のことは知らない。今どきはヤクザといえども、道具を集めてドンパチやる時代でもないですからな。下の者にも道具なんぞ一切使うなと伝えておいたのですが。おい、加志田！」

「はい」

加志田が振り向いて、立ち上がる。

「てめえがしっかり下の連中を見てねえから、組対の方の手をわずらわせることになっちまったんだ。もっと徹底しろ！」

「すみませんです……」

加志田が肩を竦める。

岡尻は茶番に一瞥をくれて、立ち上がった。

「ともかく。これで終わったと思うなよ」

「いつでもどうぞ。つまらん疑いを晴らすためなら、我々はいつでも協力させてもらいます。加志田、お送りしろ」

蘆川が言う。

加志田がテーブル脇を回り、ドア口へ進んだ。ドアを開けて、岡尻を待つ。

岡尻は背を向け、足早に部屋から出ていった。

加志田は、会長室のドアを閉じた。

「ざまあみろ」

加志田は鼻で笑い、振り返った。

そこに灰皿が飛んできた。重い大理石の灰皿が加志田の額にぶつかる。

加志田は額を押さえ、踞《うずくま》った。ざっくりと裂けた皮膚から血が溢れる。

「バカ野郎！てめえが道具なんか渡すから、こんなことになるんだ！」

蘆川が怒鳴った。笑みが消えている。

「す、すみません！」

加志田は灰皿を拾い、机に戻した。

蘆川が葉巻を咥えた。端を噛み切り、灰皿に吐き捨てる。加志田はライターを取り、葉巻の先に火をつけた。

甘い香りと紫煙が加志田の顔の前に湧《わ》き立つ。蘆川は煙を大きく吹き払い、加志田を睨み据えた。

「井藤からの連絡がなけりゃ、全員、持っていかれるところだったんだぞ」

「すいません。このオトシマエは、きっちり――」

加志田が葉巻カッターを取り、左手の小指を輪の中に突っ込む。

「また指か！　何かありゃあ、指指指！　そんなもんで、カタつけられると思ってんのか！　指なんか落としゃあ、サツに何かありましたと言っているようなもんだろうが。いい加減にしねえか！」

蘆川は激高した。

加志田は竦み上がり、葉巻カッターを元に戻した。

「宇野はゲロしねえだろうな」

「大丈夫だとは思いますが」

「思いますだと？」

蘆川が目を剝く。

「いや、大丈夫です！」

加志田はあわてて言った。

蘆川は椅子にもたれ、大きく紫煙を吐きだした。

「どいつもこいつも使えねえな。井藤に連絡をつけろ」

「はい」

加志田が机の電話を取ろうとした。

蘆川は、手元にあったペンを投げた。

「バカ野郎！ ここの電話を使うヤツがあるか！ そんなふうに抜けているからサツにつけ込まれるんだ！」

「すいません！ すぐ鳩を飛ばします！」

加志田はそそくさと会長室を飛び出した。

「まったく……」

蘆川はドアを睨み、葉巻を押し潰した。


その夜、蘆川は加志田を連れ、都内高級ホテルにある懐石料理屋の個室に来ていた。

料理が並ぶテーブルの奥に井藤がいる。小柄で、くたびれたスーツを着た中年男だった。

井藤が猪口《ちょこ》に注がれた日本酒を飲み干す。蘆川と井藤の間に座っていた加志田が徳利を差し出し、空いた猪口に日本酒を注ぐ。

井藤は注がれた熱燗をすぐ飲み干し、加志田を見た。

「宇野ってのはどうしようもねえな」

「会ってきたんですか？」

「ああ。取り調べと称してな」

井藤は箸《はし》を持ち、ゴマ和えを口に放り込んだ。

「ヤツがゲロすることはないか？」

蘆川が訊く。

「それはねえ。俺がきつく言い含めておいた。少々手荒なマネはさせてもらったがな」

井藤が片頬を吊る。

「世話かけたな。おい」

蘆川が加志田を見た。

加志田は懐から茶封筒を取り出し、井藤の脇に差し出した。

井藤は中を見ず、スーツの横ポケットに封筒をねじ込んだ。

「ところで例の新興組織のことはわかったのか？」

蘆川が訊いた。

「まだ、調べているところだ」

「中安のことは、何かわかりましたか？」

加志田が訊く。

「そいつもまだだ。だが、おもしろい情報は仕入れた」

「なんです?」

「小滝町の公園で起こった事件な。どうやら生存者がいるらしい」

「生存者? みな、死んだんじゃねえのか」

蘆川の目が鋭くなる。

「連中の仲間にケンジって野郎がいてな。いつも、連中とあの公園にたむろってたらしいんだが、あの日に限って、そいつの姿がなかった」

「たまたま来なかっただけじゃないのか」

「それはない。そのケンジってのがいつもヤクを仕入れていたらしいからな」

「ということは、そのケンジってガキが中安と接触してる可能性が」

加志田を見て、井藤は深く頷いた。

「そのガキの居所はつかめねえのか?」

蘆川が訊く。

「まだ、ケンジって名前しかわかってない。犯歴を調べてみたが、それらしいヤツは見当たらなかった」

「加志田。てめえら総出で、そのケンジってガキを捜し——」

「まあまあ、蘆川さん。そうあわてなさんな。俺に見つけられねえものが、あんたらに見つけられるわけがねえ」

「なんだと？」

蘆川が気色ばむ。

井藤は素知らぬ顔で杯を傾ける。

加志田があわてて間に入った。

「井藤さん。どうするんですか？」

「その手にはその手のプロがいるだろうが」

「……Ｐ２か？」

蘆川の言葉に、井藤がニヤリとする。

「青柳たちをパクったのは、城島恭介というヤツだったな？」

「そう聞いてます」

加志田が返事をした。

「こいつはＰ２の中でも有名なヤツだ。元ＣＩＡだの傭兵だのと噂されている。腕もＰ２の中ではダントツだ」

「そんなすげえヤツなんですか……」

加志田が表情を険《けわ》しくする。

「あくまでも噂だ。俺は信じちゃいねえよ。P2はP2。警察ごっこの好きな連中だ。たいしたことはねえ」

井藤は鼻で笑い飛ばし、蘆川のほうを向いた。

「この城島ってヤツにケンジを捜させる。ケンジを捕まえたところで、俺があんたの手下を連れて、ヤツのところへ行く。ヤツを殺して、ケンジにサンダーのことを聞いて、ガキも始末する。そうすりゃあ、あんたらのメンツも立つし、中安の居所にも近づける。一挙両得だ」

「そんなにうまくいくのか？」

「俺が現場を仕切って、事後処理するんだ。P2がヤク中のガキに殺られたってことでカタがつく。今までも、あんたのところの揉《も》め事を処理してきただろう」

井藤は蘆川を見据えた。

「わかった。任せよう」

「ただし、少々これがかかるぜ」

井藤は、親指と人差し指で輪を作って見せた。

「心配するな。言い値で出してやる」

「いつも、すまんな」

井藤は猪口の酒を飲み干し、立ち上がった。

「引き続き、新興組織の件は調べておく。何かわかったら、連絡するよ」

そう言い、個室から出ていった。

「食えないヤツだ……」

蘆川が井藤の残像を睨みつけ、つぶやく。

「会長。ヤツも一緒に殺っちまいましょうか？」

「まあ待て。まだ、あいつには利用価値がある。価値がなくなりゃあ、今まで、貢いだ分に利子つけてむしり取ってやる」

蘆川は徳利を取って、熱燗を呷《あお》った。

第二章　琥珀色の影

1

恭介《きようすけ》は新宿に来ていた。職安通りから一歩入ったところにある狭い敷地に無理やり建てた細い雑居ビルがある。恭介は朽ち果てそうなペンシルビルの前でハーレーを停めた。

　夜になるとネオンが瞬《またた》き、人々の欲望を飲み込む通りも、昼間は不気味な静けさに包まれていた。

　ビルの壁には、灯の消えた飲み屋の看板が並んでいた。その五階に〈リンクル〉という名前を認めた。

　恭介は看板を見上げ、ビルの中へ入った。狭い通路を奥へ進み、エレベーターに乗り込む。エレベーターは、今にも壊れそうな軋《きし》みを放ち、恭介を上階へと運んでいく。

　ドアが開く。狭いエントランスのすぐ先には木製のドアがあった。その中央に店名を記したプレートが貼《は》られていた。

恭介はドアに手をかけ、引いてみた。錆《さ》びた蝶番《ちょうつがい》が鳴り、ドアが開く。入口は狭く、赤い絨毯《じゅうたん》が敷かれている。

恭介は気配を探りつつ、奥へ進んだ。

琥珀《こはく》色の照明がうっすらとフロアを照らす。フロアにはボックス席が五つ。カウンターもある。中は思ったより広い。

恭介は一番奥のボックスに目を向けた。

スーツを着た男が薄闇《うすやみ》の中でタバコを吹かしていた。

恭介はボックス席に近づいた。

くたびれたスーツを着た小柄な男が座っている。

「井藤《いとう》さんか？」

「他に誰もいねえだろう」

男は短くなったタバコをつまみ、灰皿で押し消した。まだ陽も高いが、手元にはウイスキーの入ったグラスを置いている。

恭介は差し向かいのソファーに腰を下ろした。

「おまえも飲むか？」

「俺はバイクで来てる。刑事の前で飲むわけにはいかないだろう」

「そりゃそうだな」

男は下卑《げび》た笑みを覗《のぞ》かせ、グラスを取り、ウイスキーを流し込んだ。グラスを置き、懐《ふところ》に手を入れる。

恭介の目つきが鋭くなる。

「ピリピリするな。身分証を出すだけだ」

男は言い、身分証を広げた。

「組対《そたい》部の井藤だ。麻薬事案を担当している」

そう言い、身分証を差し出す。

恭介は身分証をじっくりと見た。間違いなく、本物だ。

「もういいか？」

「ああ」

恭介は身分証を返した。

井藤は慣れた手つきで身分証を折り畳み、スーツの内ポケットにしまった。

「ここは？」

恭介が店内を見回す。

「俺の情報屋がやっている店だ」

「一人で来たのか？」

「そうだ。本庁の会議室でないと不安か？」

「そういうわけじゃないが」

「岡尻《おかじり》から聞いたが、髑髏連《どくろれん》の手入れでやり過ぎて、仕事から外されているんだってな」

「外されたわけじゃない。間を置いているだけだ」

「気にすることはない。岡尻も頭が固いな。近頃は世間様がうるせえから、被疑者をやたら傷つけるわけにはいかねえ。入院させるようなケガを負わせば、マスコミが言いたい放題ぬかしやがる。俺たちはいつ危害を加えられるかわからねえっていうのによ。その点、おまえらはいい。何をやっても内部処理ですんじまう。俺がおまえの立場なら、青柳《あおやぎ》と須藤《すどう》だけじゃなく、他の連中も半殺しにしていたよ」

「俺は傷つけようと思ってやったわけじゃない。抵抗しないヤツに危害を加えたりはしない」

恭介は静かに見据えた。

「わかっている。そんな怖い顔するな」

タバコを咥《くわ》え、火を点《つ》ける。

「岡尻にはP２資格を停止させられたわけじゃねえと聞いている。俺からの依頼は受けられるんだよな？」

「話を聞いてからだ」

「仕事しねえヤツに話せるようなことじゃない」

「だったら、この話はなしだ。俺は岡尻以外の人間からの依頼は話を聞いてからと決めている。他のP2に当たってくれ」

恭介は腰を浮かせた。

「まあ待て。わかったよ。話すから、それから決めてくれりゃあいい」

井藤が恭介を止める。恭介は座り直し、脚《あし》を組んだ。

井藤は脇《わき》に置いてあった大きい茶封筒を取った。中身を出し、テーブルに広げる。

「小滝町で起こった事案は知っているな？」

「ガキどもがドラッグをやって殺し合ったというやつだろう？」

「そうだ。報道では全員死亡となっていたが、俺たちが調べた結果、生存者がいるらしいということがわかった」

「生存者？」

「言い方は違うかもしれんがな。現場ですべてを目撃していた可能性のある者がいるということだ。それが〝ケンジ〟という名前の少年だ」

井藤は資料の中から、聞き込みの調書を取りだした。恭介のほうに向けて広げる。恭介は身を乗り出し、資料に顔を近づけた。

「暗くてすまんな。帰ってまたゆっくり目を通してくれ」

「受けると決めたわけじゃない」

恭介は牽制《けんせい》する。井藤は軽く聞き流した。

「そのケンジという少年は、公園で殺し合った連中の仲間で、聞き込みしたかぎりではいつもそいつがドラッグを仕入れていたらしい。その少年が当日、現場にいねえというのもおかしな話だろう」

「そうかもしれないが……。ひょっとして、このケンジという少年を捜せという依頼か？」

「そうだ」

「ただ、現場にいたかもしれないというだけの少年捜しを俺らに依頼するのは妙じゃないか？　俺らに頼めば、金もかかる。手配犯でもない人間を捜すのに経費は下りないだろう」

「まだ続きがある。最後まで聞け。俺もそれだけの理由なら、おまえらに頼んだりはしねえよ。これは表に出てねえ話だがな。公園でガキどもが使った薬物というのはサンダーなんだ」

「えっ！」

恭介の表情が険《けわ》しくなる。

「知っているのか？」

「噂《うわさ》には聞いたことがある。MDMAをかなり強烈にしたような薬物で、実際に使ったヤツの半分は死んでいるとか。しかし、そんな強烈な薬物が日本に流れ込んでいるとは思えんが……」

「サンダーの正体はブラウンシュガーだ」

「なんだと!」

「ほう、知っているのか」

井藤が上目遣《づか》いに恭介を見やる。

「いや……それも噂に聞いたことがあるだけだ」

恭介は言葉を濁《にご》した。

「まあいい、教えといてやろう。ブラウンシュガーという名前はヘロインの俗称に使われるが、実際はアヘンからヘロインを生成する途中に出たものを固めたもんだ。といっても、効《き》き目はヘロインと変わらん。それ以上のモノもある。日本ではコアな薬物中毒者にしか知られてないが、東南アジアでは常識だ」

「そんなものが出回っているのか……」

「それだけじゃねえ。現場に残っていたサンダーの錠剤を科捜研で調べた結果、かなり粗悪なシロモンで、メタンフェタミンのカス、つまり、エクスタシーのカスを混ぜてやがった」

「そんなものを使えば――」

　恭介の言葉に、井藤が頷《うなず》く。

「頭がイカレちまって、今回のようなことになっちまう」

「それをこの〝ケンジ〟が手に入れて、みんなにやらせたというのか？」

「その可能性があるということだ。さらに、表沙汰《ざた》になっていない理由がある。俺たちはずいぶん前からサンダーの出所を追っているんだが、どうしてもつかめない。なぜかわかるか？」

「いや……」

「関係者が殺《や》られるんだよ。俺たちが接触する前にな」

「なんらかの組織が動いているということか？」

「そう見ている。組織の連中が、今回のガキどもと〝ケンジ〟の関係を知れば、ヤツがサンダーのことを知ろうが知るまいが、間違いなく消されるだろう。ヤツが入手したなら、なおさらだ」

　井藤はタバコを揉《も》み消し、話を続けた。

「ケンジを捜すだけなら、俺たち組対だけで充分だ。しかし、状況を考えるとタイムレースになる恐れがある。組織の手が伸びる前にケンジを見つけださなければ、間違いなく殺られる。今回の捜索はヤツを保護する意味もある。そこでP２一と言われているおまえの腕を借りたいわけだ。少年保護なら経費も出る。どうだ。受けてくれんか」

井藤が身を乗り出した。

恭介は資料の束《たば》を見据え、腕組みをし、押し黙った。

「ヤツが組織につながる糸かもしれんのだ。この機を逃せば、本格的にサンダーが出回ることになるかもしれん。そうなれば、今回のような事件が頻発する可能性もある。そんなことになる前に組織を叩き潰《つぶ》し、サンダーを撲滅したい。頼む。手を貸してくれ！」

井藤はテーブルに両手をつき、頭を下げた。

恭介は腕組みを解いた。

「……わかった。捜してみよう」

「そうか。受けてくれるか。助かった」

井藤は顔を上げ、笑みを覗かせた。

「受けたからといって、すぐに見つかるとは限らないぞ」

「俺たちが日々の事案に追われながら捜すよりは早いだろう。ケンジを見つけたら、すぐ俺に連絡をくれ」

井藤は自分の名前と携帯番号だけを書いた連絡用の名刺をポケットから出し、恭介に差し出した。

「それと、このことは内部の者にも他言無用だ」

「それは、内部から情報が漏《も》れている可能性もあるということか？」

「考えたくはないがな。組織の連中の動きを見る限りは、その可能性も否定できん」

「わかった」

恭介は受け取った名刺をライダースのポケットにねじ込み、資料の束を茶封筒に詰め、立ち上がった。

「もう一つ。組織の人間の影が見えても深追いはするな。おまえの仕事はあくまでもケンジを捜して保護するだけだからな」

「わかってるよ。じゃあ、何かわかったらすぐに連絡を入れる」

恭介は席を立ち、そのまま店を出た。

表に出てすぐ、ドアに耳を当てた。中の様子を探る。人が動く気配も話し声も聞こえない。恭介は少ししてドアから離れた。

「他に誰かいるような気がしたが……気のせいか？」

恭介は小さく首を振り、エレベーターに乗り込んだ。

店に残った井藤は、少し間を置いて新しいタバコに火を点け、カウンターに目を向けた。

「出てきていいぞ」

声をかける。

カウンターの裏から加志田《かしだ》が顔を出した。ウイスキーのボトルとグラスを持って、井藤に近づく。

加志田は、カラになった井藤のグラスと自分のグラスにウイスキーを注ぎ、恭介が座っていたところに腰を下ろした。

「大丈夫ですか、あんな話で?」

「心配ねえ」

「けど、サンダーのことは知ってましたよ」

「ブラウンシュガーのこともな。ヤツが傭兵上がりという噂はあながち嘘じゃねえかもしれねえな」

「何でです?」

「激戦地を渡り歩く傭兵たちは薬物に詳しいんだ。傷の痛みや恐怖心を紛《まぎ》らすためにコカインやヘロインを使うからな。戦地じゃあ、半分はヤク中で死ぬって話もあるぐらいだ。そんな連中ならブラウンシュガーのことを知っていてもおかしくねえ」

「なるほど。しかしなぜ、ヤツはすっとぼけたんですかね?」

「正体を明かさないためだ。自慢げにぺらぺらと自分の知識をひけらかすことほど愚かなことはない。自分の情報を相手に与えることになるからな。なかなか用心深いヤツだ」

「でも、そんなヤツならなおさらヤバいんじゃねえですか。ヘタに首を突っ込まれりゃあ、オレたちが痛い目に遭《あ》うってことも」

「おいおい、加志田。P2なんて言っても、所詮は警察の子飼いだ。俺が頼んだこと以上のことはできない。それに、おまえは肝心なことを忘れている」

「何です？」

「ここが日本だってことだ。この国で合法的に人を殺せるのは——」

井藤はほくそ笑んだ。

「俺たち、警察だけだ」

そう言い、ウイスキーを呷《あお》った。

2

恭介は、荒川沿いの町工場がひしめく街に戻ってきた。その一角にある廃倉庫が、恭介の住まい兼事務所だった。

入口前でバイクを停めた恭介は、ポケットからライター大のリモコンを出し、スイッチを入れた。シャッターが音を立て、上がる。

恭介はバイクを中へ滑らせた。

だだっ広い空間にデスクやソファー、ベッド、テレビ、冷蔵庫などが散在していた。

右端の一角にはトレーニング器具もある。

ヘルメットをハンドルにひっかけ、バイクを降りた恭介は、冷蔵庫からビールを出し、デスクに歩いた。

背もたれの高い椅子に腰を下ろし、パソコンを起動する。デスクに足を投げ出した恭介は缶のプルを開け、ビールを喉《のど》に流し込んだ。

恭介はマウスを握り、メールを確認した。

岡尻からメールが来ていた。

「早いじゃないか」

つぶやき、メールを開く。

添付されたファイルを開いた。画面に顔写真入りの履歴書が出てくる。

井藤のものだった。

恭介は帰り際、岡尻に井藤の履歴を送るよう連絡を入れていた。

初めての者からの依頼時は、常に相手の身元を確認することにしている。

「井藤敬三《けいぞう》、五十二歳。所轄からの叩き上げで、麻薬事案担当……か」

恭介はビールを傾けながら、履歴書に目を通した。ごくごく普通の履歴が連なっているだけ。これといって気になる部分はなかった。

「気にしすぎか……」

井藤を見た時、妙なニオイを感じた。

刑事のものとはまた違う、腹に一つも二つも何かを持っている悪党のようなニオイを。

「俺もヤキが回ったかな」

独りごつ。

ビールを飲み干し、缶を握り潰した。席を立って、ゴミ箱に放る。井藤から預かった資料を持って、ソファーへ移動した。テーブルに資料を広げる。タバコを咥えて火を点け、両脚を投げ出してソファーに仰向いた。

資料には、小滝町の公園で起こったことが詳細に記されていた。

凄惨《せいさん》な現場写真もある。

公園にいた少年少女はみな、都内の高校に通う高校生だった。死んだ者の中には前科のある少年もいた。とばっちりを食ったホームレスの身元は、まだわかっていない。

彼らは高校も違えば、住んでいる場所も違う。繁華街をふらついているうち、自然に集まってできたグループのようだった。

ケンジという少年に関する記述もあった。ケンジもまた新宿や渋谷の繁華街を根城にしていた少年のようだった。

銀龍の刺繍《ししゅう》をあしらったスカジャンを着ているということでは知られているが、本名や住んでいるところは誰に訊いてもわからないと、報告書には書かれてある。

「最近のガキどもはみな、こんな感じなのか……？」

恭介はつぶやいた。

「とりあえず、旧コマ近辺から調べてみるしかないか」

思ったことを口にしながら、資料をめくる。

現場に残されていた錠剤の写真が出てきた。

琥珀色で錠剤の中央に稲妻の刻印がある。

「こいつがブラウンシュガーとはな……」

恭介の表情が翳《かげ》った。

過去の記憶がよみがえる――。

「安井《やすい》。もう、やめとけ」

恭介は、注射器を取り上げようとした。

が、安井は血走った眼で恭介を睨《にら》み据え、銃を握った。銃口を恭介に向ける。

「こいつはオレのメシだ！　飢え死にさせる気か！」

「わかった、わかったよ……」

恭介は両手を挙げて、後退した。

そのまま廊下に出る。ドアの脇にもたれていた黒人が恭介の肩を叩いた。

「ヤツはもうダメだ。好きにさせてやれ」

そう言い、黒人は歩き去っていった。

八年前——。

恭介は、タイ郊外の一軒家にいた。広々とした敷地の中に建つ南国風の大きい建物に、肌の色も国籍も違う五人の男が住んでいた。

みな、傭兵だった。

第一次コートジボワール内戦に参加していた恭介たちは、二〇〇六年に一応の終結をみた戦地を離れ、タイに来ていた。

緊張感から解き放たれた恭介たちは、稼いだ金で郊外に一軒家を借り、連日、飲んで騒ぎ、女を買っていた。一時の骨休めだ。召集がかかれば、またそれぞれの戦地へ赴《おもむ》く。金を残していても仕方ない。

安井は、戦闘終結一カ月前に新兵として派遣されてきた十九歳の若者だった。ミリタリーマニアが高じ、本物の傭兵になってしまった日本人だ。

安井が送り込まれたのは、終結間近で戦闘が一番激しい頃だった。恭介たちの仲間も大勢が死んでいった。

そんな中でも、派遣されてきたばかりの安井は自信満々だった。

サバイバルゲームで鍛《きた》えた腕があるから、と。

しかし、実際の戦争と平和な日本の野原でBB弾を撃ち合うような戦争ごっことではわけが違う。

銃弾を食らえば、頭蓋骨《ずがいこつ》が砕《くだ》け、顔面や四肢が吹き飛ぶ危険が待ち受けている空間だ。本物の〝死〟がすぐそこにある。

安井は頭では理解していても、殺し合いの本質をまったく理解していなかった。戦場へ来てわずか三日後、安井は戦争の洗礼を受けた。

その頃、恭介たちのチームは最前線にいた。恭介たちの役割は、さらに敵地奥深くへ進み、自軍が正面から攻めた時、敵を側面から突くことだった。

その日の朝は闇に紛れて行軍し、敵陣手前まで来て、休憩を取っていた。

敵の近くでは一時たりとも油断できない。音も立てない。火もおこさない。しゃべることすら許されない。

しかし安井は、緊張を解きほぐそうと持っていたタバコに火を点けた。恭介はすぐ安井の手からタバコをもぎ取った。

タバコの火は肉眼でも七百メートル以上先からわかってしまう。最前線にいる時、不用意にタバコを吸うなど自殺行為だった。

自分たちの存在が相手に知られたと判断すべきだった。恭介は仲間に命令を下し、移動しようと立ち上がった。他の者も慎重に身体を起こした。

その時だった。

安井の隣にいた黒人のジェファーの頭が一瞬にして吹き飛んだ。

恭介たちはその場に伏せた。

が、安井は何が起こったのかわからず、その場で呆然《ぼうぜん》と立ち尽くした。

スナイパーだった。

安井の点けたタバコの火が、敵のスナイパーに位置を教えてしまったのだ。

「伏せろ！」

恭介は小声で鋭く怒鳴った。しかし、ジェファーの血を被《かぶ》った安井は動転し、恭介の声も耳に入らない様子だった。

恭介は安井の腕をつかみ、無理やり引き倒した。

安井の倒れた脇にはジェファーの屍《しかばね》が横たわっていた。顔は鼻から上が吹き飛び、なくなっていた。

安井の顔から血の気が失《う》せた。声すら出せず、地面にうずくまったまま震え、その場から動けなくなった。

だが、留《とど》まっているわけにはいかない。スナイパーがいるということは、敵の歩兵はもっと近くにいるということだ。

恭介は動こうとしない安井を引きずり、ブッシュの奥深くへ潜った。

恭介たちは安井を連れて、ブッシュの中を三日三晩逃げ回った。

その後、自軍が敵の陣地を攻めてきた機に乗じて、本来の目的だった側面からの攻撃を加え、敵を殲滅《せんめつ》し、なんとか命は助かった。

自陣に戻った恭介たちは、安井のミスについて上官に報告しなかった。ジェファーの死は戦死として片づけられ、安井にペナルティーが科せられることもなかった。

作戦を終えた恭介たちのチームは、しばし休息の時間を与えられた。

恭介はその間に安井を回復させようとしたが、彼はすでに戦える状態ではなかった。自分の不注意からジェファーを死なせてしまったという罪悪感、本物の死に触れた恐怖感が安井を苦しめていた。

眠ることすらできず、テントの中で膝《ひざ》を抱え、宙を見つめて震えるだけ。水すら喉に通らない状況だった。

恭介は他の仲間と話し合い、上官に安井の除隊を申請した。しかし、少しでも頭数の欲しかった雇い主は負傷もしていない安井の離脱を許さなかった。

上官との話し合いが決裂した夜、戦場に残ることを余儀なくされた安井を見かねた傭兵仲間の一人が、彼にマリファナを勧めた。

戦地ではよくあることだった。ベトナム戦争の時には、いつ終わるともしれない戦いに疲弊《ひへい》しきっていた兵士たちへコカインやヘロインが配られたぐらいだ。死を前にして、まともな神経でいられる者などいない。

恭介も傭兵として初めて戦地へ送られた時は、マリファナや酒で恐怖をごまかした。

しかし、恭介たちのように生き残っている傭兵仲間は、すぐに薬物と手を切っている。一時しのぎに薬物を使うのはいい。しかし、あまり依存してしまうと、いざという時の判断力も鈍るし、身体も動かなくなる。

そして何より、戦地を渡り歩けば歩くほど、恐怖心があるからこそ生き延びられるという事実を肌身で感じていた。

ところが、弱い人間はひたすらその恐怖心から逃げようとする。

安井もそうだった。マリファナの量は日増しに多くなり、そのうちコカインにまで手を出すようになった。

最前線にコカインを持ち込み、戦闘前に啜《すす》っていたこともある。昂揚《こうよう》した安井が、敵の銃弾が飛び交う中、丸腰で飛び出していったこともあった。無謀な行動を繰り返していた安井だったが、なんとか命を落とすことなく、終戦を迎えた。

恭介は、心に深い傷を負った安井をタイまで一緒に連れてきた。郊外でのんびりさせ、肉体に染みこんだ薬物を抜き、リハビリをさせ、日本へ送り返すつもりだった。

しかし安井は、目に焼き付いた死の光景を忘れられず、恭介の目を盗んでは家を抜け出し、より強い薬物を求め、街を徘徊《はいかい》した。

その安井が、バンコクの裏路地で見つけてきたのがブラウンシュガーだった。

バンコクで出回っていたブラウンシュガーは、混ぜ物だらけの粗悪なシロモノだった。だが、混合物が多いせいで、その効き目はすこぶる強力なものとなっていた。

薬物にはよくある話だ。純度の高い物は知られた通りの効能を最大限に発揮するが、それ以上のイレギュラーはない。一方、混ぜ物の多い薬物から稀《まれ》に、純度の高い物では予想も付かない強烈な作用を摂取者に及ぼす物が生まれることがある。

通常の薬物で効かなくなった中毒者は、そうした強烈な薬物を求める。

作用が強すぎる薬物は使用者を死なせ、結果的にユーザーを減らすので好まれないという見方がある。

しかしそれは、薬物依存の現状を知らない者の意見だ。より強力な薬を求める者も初めから中毒者だったわけではない。誰もが酒やタバコ、マリファナから入っていき、コカインやヘロイン、LSDとランクを上げ、立派な中毒者となっていった。

つまり、売る方は全人類が消え失せない限り、いくらでもユーザーを生み出せるということだ。しかも、作用が強くて珍しい薬は高値で売れ、ローリスクハイリターンを実現できる。

事実、安井は任務で得た三百万のギャラのほとんどをブラウンシュガーに注《つ》ぎ込んだ。

〝脳細胞をTNTで吹っ飛ばしてるようで、たまんなく気持ちいいですよ〟

安井はブラウンシュガーを打つたび、そう言っていた。

それほど強力な多幸感を得ていたようだ。薬物耐性がついた身体だからこそ得られた感覚だろう。

しかし、強烈に効くということは副作用も大きいということに他ならない。安井は見る間に痩《や》せ細っていった。食事も摂らない。水も飲まない。寝ることもない。

毎日暗く狭い部屋にこもり、ブラウンシュガーの錠剤を溶かして静脈に打ち込み、現実逃避に明け暮れた。

恭介や他の傭兵仲間たちは薬物を取り上げたり、ロルファンや塩酸ナロキソンといった麻薬中毒治療薬を無理やり注射し、回復させようと試みたが無駄だった。

そして、安井がブラウンシュガーを使い始めて五日目の夜。安井は、注射針を自分の腕に刺したまま、凄《すさ》まじいショック症状に見舞われ、暗い部屋の片隅《かたすみ》でのたれ死にした。

恭介はやりきれなかった。

安井を自分たちのチームへ引きずり込んだのは、恭介だった。まだ新兵だった安井を危険な任務も多い自分たちのチームへ入れることに反対していた仲間もいた。

しかし、自分が守ってやれると思っていた。また、自分たちのチームで修練を積むことで、安井が一人前の傭兵に育つと信じていた。

だが、結果はのたれ死に……。

恭介は、安井の遺骨を彼の両親に届けるため日本へ戻り、そのまま傭兵を退役した。

まさか八年も経って、この日本でブラウンシュガーの名を聞くとはな……。

ぼんやりとしていた時、ポケットに入れていた携帯が震えた。

恭介は現実に引き戻され、携帯を取り出した。

「もしもし」

――城島《じょうじま》さんですか。青柳です。

「どうした？」

――病院、出てきちまったんですよ。今から行っていいですか？

「身体は大丈夫なのか？」

――なんてことないですよ。ベッドに縛られてるほうが身体に悪いってもんです。今から行きますから、住所教えてください。

「今、どこだ？」

――病院近くのファストフード店です。

「待ってろ。迎えに行ってやる」

恭介は携帯を切った。

「どうしようもねえヤツだな」

小さく微笑み、資料を置いて起き上がった。

3

一時間後、青柳は恭介の家に来ていた。ソファーでくつろいでいる青柳を見ながら、デスクの受話器を握り、岡尻に連絡を入れていた。

「ああ、ああ……身体は心配ない。先生に事情を話して、治療薬ももらってきた。何かあればすぐ俺が病院へ連れて行く。まあ、流心会の連中がちょっかいを出してこないとも限らんから、うちのほうが安全だろう。そういうことだ。ああ……じゃあな」

電話を切って、青柳を見やる。

「まったく……俺はガキの世話は苦手なんだよ」

「いつでも来いって言ったのは、城島さんじゃないですか」

青柳は悪びれもせず、スポーツドリンクのペットボトルを傾けた。

恭介はあきれ顔でため息をついた。デスクから離れ、冷蔵庫に歩み寄る。

「それにしてもホント、色気もクソもない部屋ですね」

「おまえに言われたくはない」

ビールを取り出しながら、言う。

青柳の視線がテーブルに向いた。束ねていた資料を手に取る。

「うわっ、すげえ！　なんですか、これ」

公園の現場写真を見て、顔をしかめる。

恭介は青柳の手から資料をひったくった。

「おまえには関係ないことだ」

差し向かいのソファーに腰を下ろす。

「仕事ですか？」

「関係ないと言ってるだろう。おまえは寝てろ。具合が悪くなられたら、俺のせいになっちまう。置いてやってるだけ、ありがたいと思え」

恭介はビールを喉に流し込み、タバコを咥えた。

「城島さん。仕事なら、オレにも手伝わせてくれませんか？」

「バカ言うな。Ｐ２は資格がいる仕事だ。無資格の、しかもケガをしている小僧に手伝わせるわけにはいかない」

「こんなケガ、たいしたことないですよ」

　青柳は自分の腹を殴った。眉間《みけん》を歪《ゆが》め、腰を折る。しかし、こめかみから脂汗《あぶらあせ》を流しながらも笑みを浮かべてみせた。

「この通りです」

「この通りですじゃねえ。ケガをナメるな。たった五ミリの傷でも処置を間違えば死んじまうことだってある。今は身体を治すことに専念しろ」

「大丈夫だって！」

　青柳はテーブルを叩いた。

「腕には自信がある。あんたにはやられたけど、そこいらの連中に負ける気はしねえ。実際、バイクで壁に突っ込んで血だらけになっても、相手のチームを全員ぶちのめしたことだってあるんだ」

「ガキのケンカとわけが違う。過信するな」

「手伝いたいんだよ。あんたを見て思った。オレ、髑髏連卒業したら、宇野さんの紹介でホンモノになるつもりだったんだ。けど、肝心の髑髏連は潰されちまったし、あんたにやられた宇野さんを見て、何か違うと感じた。オレは、あんたみたいになりてえ」

「俺がどんなヤツか知ってるのか？」

「前のことは知らねえよ。けど、今のことは知ってる。P2として警察の代わりに腐った連中を捕まえてる人だ。オレにはそれだけで充分だ。オレもそんな仕事をしてえんだ」

青柳の姿が安井とダブる。

現実を知らず、憧《あこが》れだけで戦場へ来て、身も心もズタズタに引き裂《さ》かれ、死んでいった若者の姿……。

「本気でそう考えているなら、まずは身体を治して、P2の資格試験を受けろ。そのアドバイスならいくらでもしてやる」

「実地が一番の勉強じゃないですか」

「ダメだ。少しでも俺の仕事に首を突っ込んだら、病院へ送り返して監禁する」

恭介はビールを飲み干し、立ち上がった。

「仕事ですか？」

「シャワーだ」

恭介はバスルームへ引っ込んだ。

その日の深夜、恭介は旧新宿コマ劇場前に来ていた。

ケンジたちがたまっていた場所だった。中央広場には、ケンジたちと同じぐらいの中高生がアテもなく居座り、ダラダラと時を過ごしている。

恭介は路肩に座っている少年たちに話しかけた。

「おまえら、銀龍のスカジャンを着たケンジってヤツを知らないか?」

「誰だよ、てめえ」

真ん中の少年が眉間に皺《しわ》を立て、恭介を見据えた。

周りにいた少年たちが立ち上がり、恭介を取り囲む。全部で五人。暇を持て余していた少年たちには恰好の餌食《えじき》だった。

「誰でもいいだろう。知ってるのか、知らないのか?」

「口の利《き》き方知らねえオヤジだな」

背後にいた少年が、いきなり恭介の背中を蹴り飛ばした。

恭介は顔をしかめ、大仰《おおぎょう》に呻《うめ》いてみせた。

それを見て、少年たちがにやりとする。

「ちょっと来いよ、オッサン」

座っていた金髪の少年が恭介のライダースの襟首《えりくび》をつかんだ。

恭介を引っ張り、映画館脇の路地に入っていく。周りの者は見ないフリをしていた。

少年たちは狭い路地で恭介を囲んだ。金髪の少年が恭介を突き飛ばす。よろけた恭介は輪の中央に躍り出た。

「オッサン、金持ってんだろ？　素直に出しゃあ、一発で許してやるよ」

金髪少年は口元を歪め、指の骨を鳴らした。他の少年たちも拳を握ったり、腕を振ったりしている。

「俺はケンジという少年のことを訊《き》いているだけだ。おまえらに出す金はない」

「いいのか、そんなこと言って？」

金髪少年は言うなり、恭介の懐に右アッパーを放った。

恭介は腹で受け止めた。拳は恭介の腹にしっかりとめり込んでいる。

「痛い思いはしたくねえだろ？」

金髪少年が余裕の笑みを浮かべる。

が、顔を起こした恭介は、その少年を見据え、笑みを返した。

「この程度じゃ、痛くもかゆくもないな」

「なんだと！」

少年が気色《けしき》ばむ。

「パンチってのは、こういうもんだ」

恭介が右拳を握った。膝を落とし、腰を回転させ、少年の腹部にアッパーを叩き込む。

少年の身体がくの字に折れ、浮き上がった。息を詰めた少年は目を剝《む》いた。開いた口から胃液が溢れる。

「まったく……おまえらは、ケンカしか楽しみがないのか？」

金髪をつかんで、脇に投げた。よろけた少年を抱えて、もう一人の少年が路上に倒れる。

恭介は、残った三人の少年に向き直った。いきなり仲間が倒され、どの少年の顔も強《こわ》ばっていた。

「ちくしょう……」

キャップを被った少年がポケットからナイフを出した。

恭介の双眸《そうぼう》が鋭くなった。少年と対峙《たいじ》し、自然体で構える。

「そんなものを出して、ただで済むと思っているのか？　ケンジというガキのこと知っているなら、教えろ。そうすれば、なかったことにしてやる」

「うるせえ！」

キャップの少年はナイフを立て、突っ込んできた。

「わからんヤツだな」

恭介は右足を引いて半身になった。まっすぐ突っ込んでくる少年をかわす。同時に、右手のひらを突き出した。少年の顔面に右掌底《しょうてい》がめり込む。

少年の鼻がひしゃげた。鼻腔から鮮血が噴き出す。反り返った少年の身体が天を仰いで背中からアスファルトに落ちる。少年は大の字に倒れ、白目を剝いて痙攣《けいれん》していた。

一瞬の出来事だった。

恭介は残った少年二人を見据えた。

少年たちが身を強ばらせる。

「まだ、やるか？」

少年二人は、小さく首を横に振った。

「賢明だ。おまえら、ケンジってヤツを知らないか？」

「ケンジは知ってる」

顎鬚《あごひげ》を生やした少年が答えた。

「どこにいる？」

「あいつの本名もヤサも知らねえ。ここで会う連中の決まりなんだ。ダチのことに深入りしねえってのは」

「それで友達と言えるのか。最近、見かけなかったか？」

「見かけねえ」

「仲の良かったヤツとか居場所の見当は？」

「さあな。ケンジとつるんでたわけじゃねえから、わからねえよ」

「あいつ、小滝町の件に絡《から》んでんだろ？　今頃、逃げ回ってんじゃねえの」

隣にいた坊主頭の少年が言う。恭介は少年を見やった。

「誰から聞いた？」

「聞き込みに来た刑事とか。公園で死んでた連中、ここでケンジたちとつるんでたのを見たことあるし。そういえば、あんたみたいなのもケンジのこと訊いて回ってたよ」

「俺みたいなヤツ？」

「サツでもなけりゃ、ヤクザにも見えねえ。けど、なんか不気味な連中だったよ」

少年の言葉に、恭介の双眸が鋭くなる。

「いつ頃だ？」

「二、三日前かなあ……」

「どんな顔だ？」

「ツラまでは覚えてねえ。でも、外国人もいたよ。な」

坊主頭が顎鬚の少年を見やる。

「ああ。たぶん、東南アジアとか中近東のヤツだよ」

顎鬚の少年が言う。

「なぜ、わかった？」

「肌が浅黒くて、ご立派なヒゲを生やしてて、小柄で。今、このあたりにいる黒人とか中国人とは全然違ってたよ」

「話してる言葉もアラビアンぽかったよな」

坊主頭が付け加える。

恭介は眉間に皺を立て、腕組みをした。

「オレたちはもういいだろ？」

「ああ、ありがとう。そこで伸びている連中も連れて行け」

恭介が言う。

少年たちが恭介の脇をそそくさと過ぎる。

「あー、ちょっと待った」

恭介は振り返り、呼び止めた。

少年たちは身を竦《すく》めて立ち止まった。

「ポケットに入れている武器は置いていけ。そんなものを持っているから強くなった気になるんだ」

恭介が言う。

少年たちはポケットに隠し持っていたナイフを恭介の足下《あしもと》に放り、気絶した仲間を連れ、路地から去っていった。

恭介はナイフを拾い集め、宙を睨んだ。

「サンダーを捌《さば》いているのは外国人組織か……？」

このところ、都内で薬物を捌いているのは主に東アジアやアフリカ系の人間だ。一時、イランやパキスタンなど、中東や東南アジアの組織が勢力を誇っていた時代もあるが、入国管理局による不法入国者の徹底取り締まりを受け、現在は鳴りを潜めている。

「ヤツらが再び、覇権を狙っているということか……？」

恭介は首を傾《かし》げた。

東南アジア系の組織に勢いがあったのは、メコン川上流にあるゴールデントライアングルという世界最大の麻薬生産地帯が世界を席巻《せっけん》していたからでもある。

が、黄金の三角地帯と呼ばれていた生産地を仕切っていた将軍が死に、その後、後継争いや島の切り崩しで、その勢力は衰退した。現在は、中国やコロンビアなどの中南米一帯がゴールデントライアングルに代わり、世界的生産地として擡頭している。

「復活したのか、あの場所が」

扱っている薬物が東南アジア周辺で出回っていたブラウンシュガーであることを考えると、その可能性も視野に入れておくべきだろう。

恭介はあれこれ考えつつ、ゆっくりと路地を出た。

と、広場で見覚えのある顔を見つけた。

ハードジェルで髪を撫《な》でつけ、恭介と同じライダースを着ている少年だ。少年は銀色のダウンコートを着た女の子と談笑していた。

「あいつ……」

恭介はゆっくりと歩み寄った。

女の子が恭介に気づき、柳眉《りゅうび》を吊った。

「何見てんだよ、てめえ！」

汚い言葉を吐いて、眉根《まゆね》を寄せる。

恭介は女の子を無視し、少年の腕をつかみ上げた。

「何やってんだ、青柳」

「あ、城島さん！」

青柳は恭介に笑みを向けた。その額には、脂汗が滲《にじ》んでいる。

「寝てろと言っただろうが。帰るぞ」

腕を引く。

「ちょっと、何すんのさ！」

女の子が割って入った。

「ナメたマネしてると、仲間呼んで沈めちゃうよ？」

下から睨み上げる。

恭介は静かに見据えた。

「さっさと家に帰らねえと犯して売り飛ばすぞ、クソガキ」

低い声で恫喝《どうかつ》する。

途端、少女は色を失った。足下に置いていたバッグをつかみ、恭介の前から走り去る。

恭介はため息を吐いて、青柳に目を向けた。怒りが滲む。青柳の眉尻が下がった。

「いや、違うんですよ、城島さん」

「何が違うんだ！」

恭介が声を張ると、青柳の両肩が跳ねた。

「ケンジってヤツ、捜してるんでしょう。だったら、オレのほうが年も近いし、捜しやすいんじゃねえかなと思って」

「首突っ込むなって言っただろうが！」

恭介は怒鳴った。

路端《みちばた》でぐったりとうなだれていた酔客が飛び起きた。

「おまえが考えているような簡単な話じゃないんだ！」

「勝手に資料を見たことは謝ります。でも、オレ、手伝いたいんですよ！」

「自分の状態も判断できないのか！　だから、ガキだってんだ、おまえは！」

「ガキガキ、言わないでくださいよ！」

青柳は手を振り払い、恭介を睨みつけた。

「オレだって、わかってます。でも、動かずにはいられないんですよ。だから、勝手なマネだとわかっていてここへ来たんです。あんたにどやされるとわかってて、来たんですよ！」

青柳はポケットからバーガーショップの紙ナプキンを取り出した。

恭介に差し出す。恭介はそれをひったくった。紙ナプキンには丸い文字で住所と名前が書かれている。

「これは？」

「ケンジってヤツの住所と名前ですよ」

「本当か？」

「嘘ついてもしょうがないでしょう。このへんの連中は、サツやヤクザにだって拷問でも受けねえかぎりホントのことを話さねえんですよ。徹底して大人ってやつを嫌ってますからね。けど、同い年の仲間には簡単にゲロする。それで親しくなれると思ってるヤツが多いから」

青柳は言った。

「そこにいるとは思わねえけど手がかりにはなるでしょう。オレはもう少し、ケンジってヤツが隠れていそうなヤサを探ってみます」

そう言い、恭介に背を向ける。

「青柳」

恭介が呼び止める。

青柳は肩越しにチラッと恭介のほうを見やった。

「深追いはするな。朝六時までにネタ取って帰ってこい。一秒でも遅れたら、病院へ送り返す。トラブルが起こった時は、一人でなんとかしようとせず、すぐに連絡しろ。わかったな」

恭介が言うと、青柳は目を輝かせた。

「はい。必ず、ネタ取ってきます！」

青柳は振り返って頭を下げ、走り去った。

「勝手に動かれるより、俺が管理していたほうがましか……」

ため息を吐《つ》く。

恭介は映画館の脇に停めていたハーレーに歩み寄った。

バイクに跨《また》がり、メモに目を落とす。

ケンジは〝寺嶋賢司《てらしまけんじ》〟という名前だった。住所は中野だ。

「中野なら十分だな」

恭介はフルフェイスを被り、バイクのエンジンを掛けた。

寺嶋賢司の住むアパートは、中野駅から西に五分ほど進んだ住宅街の奥にあった。周りの家々の明かりは落ち、すっかり眠りに就《つ》いている。

恭介は、上り坂になっている狭い路地の手前でバイクを停めた。足音を忍ばせ、アパートに近づく。

二階建ての古びたアパートだった。奥まった場所にあるせいか、街灯の光も届かず薄暗い。一階奥に寺嶋賢司の部屋がある。

恭介は格子門を開けて敷地に入り、狭い通路を奥へと進んだ。

部屋の前で立ち止まる。ドアをノックしてみた。軽く叩いただけなのに、建物全体が揺らぎそうなほどドアが軋む。

返事はない。電気メーターを見る。ゆっくり動いている。引き払ってはいないようだ。

もう一度ノックをする。ドアに耳を当ててみた。人が動く気配はない。

「いないな……」

恭介は踵《きびす》を返した。

不意に人の気配を感じた。迫ってくる。振り返ろうとした。それより早く気配は恭介の背後につき、喉元に何かを押しつけた。

視線を落とす。わずかな光を浴びて、エッジが鈍く黒光りした。

「誰だ？」

男の声だった。言葉のアクセントが少々違う。外国人のようだった。

「おまえこそ、誰だ」

「答えろ！」

男は恭介の喉に刃を食い込ませた。皮膚が切れ、血が滲む。

「寺嶋賢司に用があって、寄ってみたんだ。しかし、いないから帰るところだ」

「何の用があったんだ！」

さらに男の手に力が入る。

「痛た……ちょっと弛《ゆる》めてくれよ。痛くて、思うようにしゃべれない……」

恭介は両手を挙げた。

男は恭介の様子を窺《うかが》った。ナイフを握った手から力が抜ける。

瞬間、恭介は素早く右手を振り下ろし、男の右手首をつかんだ。

同時に頭を後ろに振り、後頭部で頭突きを叩き込む。男の鼻っ柱に恭介の頭骨が食い込んだ。男が顔をしかめてよろけた。

恭介は握った右手首を押し、腕を広げ、屈《かが》みながら頭を抜いた。右腕をねじり、男の背後に回る。左腕を男の首に回し、右腕をねじ上げ、手首を絞る。ナイフが男の右手から落ちた。

恭介は、男の後頭部に頭突きをかました。男が呻く。額をそのまま後頭部に押しつけ、静かに声をかけた。

「おまえら、何者だ？」

男は答えようとしない。

「答えろ」

恭介は右腕をさらにねじ上げた。折れ曲がった関節が軋む。

それでも男は歯を食いしばり、答えようとしない。

「そうかい。なら、一本もらおう」

恭介は右腕を思いきりねじ上げた。

乾いた音が響く。

男が短い悲鳴を放った。

寝ていた住民の部屋の明かりが点く。恭介は一瞬、明かりに気を取られた。

男は左袖に隠していた細いナイフを取り出し、背後に振り下ろした。切っ先が恭介の左腿を抉《えぐ》る。

「くっ……！」

恭介の膝が落ちそうになる。

首に巻いていた腕を振り払った男は、通路の突き当たりをめがけて走った。左腕を顔の前に立て、塩化ビニールの壁に突っ込む。

壁を砕いた男は正面の荒れ地に転がった。振り返ることなく、走り去る。

恭介は追いかけようとした。が、足がよろけてつまずき、膝をついた。

アパート二階のドアが開いた。足音がした。

恭介は男が捨てたナイフを握って立ち上がり、足を引きずり、敷地を出た。

坂道を下り、バイクまでたどり着く。恭介はバイクに跨がり、ライダースを脱いで、着ていたTシャツを脱いだ。

太腿《ふともも》の傷口から血塊《けっかい》が噴き出していた。

とっさのことでわからなかったが、男は太腿を刺したあと、瞬時にナイフの刃を回転させたようだ。

「素人じゃないな」

左太腿の付け根をTシャツで縛り、ライダースを着る。

息を吐いて、持ってきたナイフを街灯にかざした。

指サックのついた戦闘ナイフだった。グリップには四指を通す大きな輪が二つあり、激しく争っても手からこぼれ落ちにくくなっている。そのグリップの先に三十センチほどの両刃の刃が突き出ている。ナイフの柄の部分にメリケンサックを付けたような形状だ。

大きな二つの輪に挟まれた場所に、何を通すわけでもない小さな飾り輪があるのが特徹的だった。

「なるほどな……」

恭介は眉根を寄せた。

ナイフをライダースのポケットに突っ込み、現場を去った。

4

夜が白み始めた午前五時前、青柳が戻ってきた。

恭介はデスクでパソコンをいじっていた。青柳を見る。疲れた表情はしているが、顔色は思ったより悪くなかった。

青柳は冷蔵庫からスポーツドリンクのペットボトルを取り出し、デスク前のソファーに座った。深く背にもたれてドリンクを飲み、大きく息をつく。

「どうだった？」

「二、三、収穫はありましたよ」

青柳が立ち上がろうとする。

「座ってろ」

恭介は青柳を制止すると席を立った。飲みかけのビール缶を持ってデスクを回り込み、青柳の差し向かいに腰を下ろした。左脚を伸ばす。

「どうかしたんですか？」

青柳は恭介の左脚に目を向けた。

「何でもない。収穫というのは？」

「これです」

青柳は紙ナプキンやメモ帳の切れ端をポケットから出し、テーブルに置いた。

それぞれに名前や住所が書かれている。

「どれも女のところばっかですけど、ここのどこかにいる可能性はありますね。自宅アパートにはいなかったでしょう？」

「ああ」

「だったら、こいつらのどれかですよ。いなくても、そこから糸をたどっていけば、見つかるでしょう。今日からまた、手分けをして――」

「ご苦労だったな。あとは俺が一人でやる」

恭介はメモをまとめた。

「大丈夫ですよ、オレなら。ケンジってヤツを捜すだけなんだし」

青柳が身を乗り出す。

恭介はポケットからナイフを出し、テーブルに置いた。

「何ですか、これ？」

青柳がサック付きのナイフを取る。

「変わったナイフですね」

顔の前に掲《かか》げ、ひっくり返して形状を眺めた。

「こいつで襲われた」

「襲われたって！」

青柳が声を上げた。

「寺嶋賢司のアパートで誰かが待ち伏せしていた。見ろ」

恭介は顎を上げ、首筋の傷を見せた。

青柳の双眸が強ばる。

「そのナイフは中東でコマンド用として使われていたナイフだ。英国のＢＣ41というコマンド用ナイフに似ているが、エッジ部分はＢＣ41より短い。サック部分に指を入れる穴が二つしかないのも特徴的だ。刃が短い分、殺傷能力はＢＣ41に劣るが、携帯・隠密性はよく、二つの大きな穴だから指も引っかけやすく即撃性能は高い。近接戦闘で不測の事態が起こった時に効力を発揮する。かつては暗殺にも使われた武器だ」

「つまり……どういうことですか？」

「プロが寺嶋賢司を追っているということだ。左脚もその隠しナイフでやられた。ナイフを刺したあと、ひねって抉った。今回の件にはそういう連中が絡んでいる。だから、ここから先はこれ以上素人のおまえに首を突っ込ませるわけにはいかない」

「大丈夫です。そんな連中に会ったら逃げますから」

「逃げられん。俺が背後を取られたほどだ。おまえなら間違いなく、首を掻《か》き切られる」

「そんなことは――」

「プロをナメるな」

恭介は静かに見据えた。

青柳は言葉を呑んだ。

「おまえたちがしてきたことはただの傷つけ合いだ。傷つけ合いと殺し合いは違う」

「そうかもしれないですけど、オレだって、いざとなれば相手を殺すつもりでやってました よ」

「簡単に殺すなどと口にするな」

「でも、そう言わねえと城島さん、納得してくれねえじゃないですか！」

青柳は引き下がろうとしない。

恭介は顔を伏せた。やおら、ソファーを立つ。

「立て」

「何するんですか？」

「いいから、ナイフを持って立て」

恭介が言う。

青柳はコマンドナイフを握り、立ち上がった。広いところへ出て、恭介と対峙する。

「殺すつもりで襲ってこい」

「城島さんをですか？　そいつは無理です」

「襲ってこいと言ってるんだ」

「理由がないですよ。いくらオレでも、尊敬してる人をマジに殺そうなんて思えねえ」

「だったら、こっちから行くぞ」

恭介の上瞼《まぶた》がかすかに落ちた。途端、これまで味わったことのない殺気が沸き立った。

青柳は身震いした。恭介の全身から漂《ただよ》う凄まじい殺気に気圧《けお》される。温もりや感情を一切感じない冷気にあてられ、青柳の全身に鳥肌が立った。

青柳は右手に握りしめたナイフを起こした。襲うつもりではない。ナイフを立てなければ、今にも食い殺されそうな恐怖が切っ先を起こさせた。

恭介が腰を落とした。影のように揺れた恭介の身体が正面から突っ込んでくる。

「う……うわあっ！」

青柳は切っ先を突きだした。

恭介は左にステップを切り、尖端《せんたん》をかわした。左手で青柳の右腕をつかみ、後方へ回り込む。青柳の右腕を絞《しぼ》ると同時に、自分の右腕を青柳の喉に回した。片腕で青柳の首を絞《し》め上げる。

青柳は呻き、たまらず恭介の右腕を叩いた。しかし、恭介は腕を弛めない。

青柳の両眼が充血する。相貌《そうぼう》が赤から紫へ変わっていく。息ができない。青柳は恭介の腕をかきむしった。

そこでようやく、恭介は喉元から腕を解いた。

青柳はその場に崩れ落ちた。喉をさすり、咳《せ》き込む。

「ひ……ひでえっすよ、いきなり！」

恭介を睨み上げる。

が、恭介は静かに青柳を見下ろした。

「俺が敵なら、おまえは死んでいた。本物にいきなりもクソもない」

「それは……」

「驕《おご》る者は、その驕りで自滅する。今度の相手は弱点を平気で突いてくる連中だ。このまま深入りすれば、必ずおまえは死ぬ」

恭介は言い切った。

青柳は色を失った。

恭介はデスクに置いた携帯を取った。尻をデスクの縁《ふち》にかけ、コールする。

「もしもし、城島だ。岡尻を頼む」

タバコを咥え、火を点ける。

青柳は恭介を見やった。

「──岡尻か。俺だ。青柳を病院へ戻してくれ。ああ、ここでは預かれなくなった」

恭介の言葉を聞き、青柳が立ち上がった。デスクに駆け寄る。

「何言ってんだ！　オレは、ここに──」

青柳は携帯をひったくろうとした。

恭介は青柳の顔面に裏拳《うらけん》を叩きつけた。

鼻腔が血を噴く。青柳は仰向けにひっくり返り、背中を強《したた》かに打ちつけた。

「所轄の人間をよこしてくれ。それと病室は個室にして、警護をつけてやってくれ」

恭介は手短に言い、電話を切った。青柳に目を向ける。

「そういうことだ。おとなしくケガを治して、Ｐ２試験の勉強でもしてろ」

「冗談じゃねえ！　勝手に決めんな！　オレは戻らねえぞ。戻るくらいなら、ここを出て一人でやっていく！」

「わからねえヤツだな……」

恭介は青柳の胸ぐらをつかんで立たせた。

「殴れよ！　いくら殴られても、ここに居座ってやる！」

青柳が恭介を睨みつける。

恭介は右手を振り上げた。手のひらを上に向けて横に振り、首筋に手刀を叩き込む。

青柳が目を見開いた。小さく呻いて、息を詰める。一瞬、脳への血流が止まる。

恭介が手を離すと、青柳は膝から崩れ落ち、うつぶせて動かなくなった。

「俺の手刀で落ちるくらいじゃ、連中にはかなわない」

恭介は青柳を抱き上げ、ソファーに寝かせた。

5

この日、恭介は青柳が調べてきた女の子の住所を片っ端から回ってみた。

四人の女の子の家を訪ねてみたが、ケンジの姿はなかった。

恭介はそれぞれを連れだし、個別にケンジに関する情報を聞いた。

ケンジの女関係は派手だった。みな、ケンジが複数の女と付き合っていることは知っている。が、それぞれ自分が一番の彼女と信じ切っていた。そのあたりの手練手管はジゴロさながらのようだ。それぞれに、何かあれば自分を頼ってくるものと思いこんでいた。

ただ、ケンジが彼女らの許に戻らないことは明白だったので、丁寧に話を聞いた。

すると、四人の女の子から共通して聞かれた女の子の名前があった。

永坂綾《ながさかあや》という女の子だ。

彼女たちの誰もが、永坂綾の話をする時だけは言葉汚く詰《なじ》った。それほど綾には敵意を感じているということ。裏を返せば、彼女たちはそれだけ綾とケンジの結びつきについて、肌で感じているということだ。

恭介は、彼女らの罵倒を笑って聞き流しながら思った。

寺嶋賢司は、永坂綾の家にいる。

一通り状況を把握し、恭介はいったん家へ戻った。


寺嶋賢司は、上落合にある高級マンションの最上階にいた。

永坂綾の部屋だった。綾の家に来て一週間が経つ。昼も夜もカーテンを閉め切り、日々をほぼベッドの上で過ごしていた。

賢司はサイドボードに置いたタバコを取った。残った一本を口に咥え、空箱を握り潰し、フローリングに放る。

ベッドの周りにはゴミが散乱していた。吸い殻も山となり、灰皿から溢れている。

「タバコ、なくなった？」

「ああ」

「じゃあ、あとで買ってくる」

「悪いな」

賢司は仰向けになって、紫煙《しえん》を噴き上げた。たゆたう煙をぼんやりと見つめる。

「ねえ、賢司。いつまで、ここでこんな生活を続けるつもり？」

「オレがいちゃあ、迷惑か？」

「そうじゃないの。賢司といられるのはうれしいんだけど、私ほら、この一週間、学校もバイトも休んじゃってるし、電話とかにも、賢司が出るなっていうから出てないでしょ。ママとかが心配するんじゃないかと思って……」

「旅行に行くって言ってあんだろ？」

「そうだけど、買い物とかには出てるから、管理人さんとかに訊かれたら、いるのバレバレだし」

「綾はどうしたいんだ？」

「そろそろバイトとか、せめて学校には行こうかなと思って」

「そうか……」

賢司は淋《さび》しげな表情を作った。

「綾がそうしたいなら、そうすればいい。オレはただ、外に出れば今度はいつ綾に会えるかわからないから、なるべく長く一緒にいたかっただけなんだ。けど、知らねえうちに迷惑かけちまってたんだな」

起き上がり、灰皿にタバコを押しつけた。

脱ぎ散らかしたジーンズを拾い、脚に通す。

「どこに行くの？」

「これ以上、迷惑はかけられねえ。出ていくよ」

賢司はやるせない笑みを浮かべた。

すると、綾が賢司にしがみついてきた。

「何言ってんの！　賢司に出ていけなんて言ってないじゃない！」

「わかってる。でも、来たとき話したみたいにさ。例の公園の件で、オレはきっと警察に追われてる。そんなオレがいたら、いつまで経っても普段の生活に戻れねえだろ。おまえが優しいからついつい甘えちまったが、つらい思いはさせたくねえから」

「違うの！　学校とかバイトに行って、電話とかにも出させてくれるなら、ここにいていいって言ってるの！　ここにいてよ！」

綾は賢司の背中に腕を回し、強く抱き締めた。

「いていいのか？」

「いいに決まってるじゃない！　外でも絶対に賢司がいることは話したりしないから」

「ホントだな？」

賢司は綾の頰《ほお》に手のひらを添えた。綾を見つめる。

綾は強く頷いた。

「ありがとう。やっぱ、オレには綾しかいねえな」

綾の口唇に顔を近づける。

と、インターホンが鳴った。賢司の笑みが強ばる。

綾は立ち上がり、賢司に微笑みかけた。

「待ってて。私、誰だろうと賢司のことは話したりしないから」

「大丈夫だろうな」

「私を信じて」

綾は賢司にキスをすると、寝室から出ていった。

賢司は寝室のドア口に歩み寄った。ドアを少し開き、リビングから聞こえてくる声に耳を傾ける。

「誰からですか？」

――宅配便です。

――えー。世田谷区田園2－××の永坂志乃《しの》さんからです。

「身分証明を見せてください」

綾はインターホンの小さなモニターを覗き込んだ。間違いなさそうだ。

「わかりました。今、ロックを外しますね」

綾は受話器を置き、寝室へ駆け戻った。賢司はあわててベッドに飛び乗った。

「宅配便の人だった。ママから何か送ってきたみたい。住所も名前も合ってるし、身分証も確認したから大丈夫よ」

綾は笑顔で玄関へ向かった。

賢司は不安だった。が、服を着るわけにもいかない。服を着込めば、綾を信じていないということになる。

ベッドであぐらをかいた賢司はシケモクを摘《つま》み、火を点け、フィルターを噛《か》んだ。

部屋の呼び鈴が鳴る。

「はーい」

綾は明るく返事をした。

ドアチェーンの外れる音、ロックの外れる音が聞こえ、ドアの開く音がする。賢司は寝室のドアを睨み据えた。

「ハンコかサインをお願いします」

男の声が聞こえてきた。特に変わった様子はない。すぐにドアの閉まる音がした。

「考え過ぎか……」

賢司は大きく息を吐き、煙を吐《は》いた。

足音が近づいてくる。賢司はシケモクを消し、ベッドに仰向いた。寝室のドアが開く。

綾を迎えようとドア口に笑みを向けた。

途端、眦《めじり》が凍りついた。

えんじ色の作業着を着た男がドア口に立っていた。

綾は男の手に口を塞《ふさ》がれていた。もがきながら賢司を見つめ、助けを求めている。

「なんだ、てめえ！」

賢司が男を睨みつけた。

男は綾を離した。綾はベッドサイドに駆け寄り、賢司の背後に回った。腕にしがみつき、男を睨む。

「お嬢さん。痛い思いをさせてすまなかったね」

男は綾に微笑みかけ、胸のポケットから二つ折りの身分証を出した。開き、賢司と綾に見えるよう差し出す。

「俺はＰ２の城島だ。警視庁組対部から依頼を受け、おまえを捜していた。寺嶋賢司だな？」

「ちくしょう……」

賢司は背後にいた綾を睨みつけた。

「ごめんなさい！　だって、そんなふうには見えなかったから」

綾は今にも泣き出しそうに相貌を崩した。

「見えなかっただと！　サツの犬を連れ込みやがって！」

「こら、寺嶋。おまえが怒るのは筋違いだろうが」

「うるせえ！」

賢司が怒鳴る。綾はびくりと肩を竦ませた。

「この子がわかるはずはない。ここへ入り込むのに彼女の実家のことを調べて、荷物を用意し、本物の宅配業者の制服と身分証をわざわざ揃《そろ》えたんだ。彼女に非はない」

「うるせえって言ってんだろ！　てめえには関係ねえことだ！」

賢司は怒鳴り、綾に目を剝いた。

恭介は失笑した。

「お嬢さん、よく見たか？　これがこいつの本性だ。自分の股間を握らせて女を好き勝手に扱い、都合が悪くなりゃ怒鳴り散らして脅《おど》す。女を道具としか考えていない典型的なヒモ男だ。こんなヒモにひっかかっちゃいけないよ」

「誰がヒモだ、こら」

恭介を睨みつける。

恭介は片頬に笑みを覗かせた。

「ヒモでなけりゃ、ただのマメ好きのチンピラってところか？」

「ふざけんじゃねえぞ！」

賢司はベッドを飛び降りた。恭介の前に躍り出て、いきなり右拳を振るう。

恭介は額を突き出した。賢司の拳が恭介の額にめり込んだ。

が、悲鳴を上げたのは賢司だった。

右拳を左手で押さえ、うずくまる。

「バカか、おまえ。拳と頭蓋骨、どっちが硬いかぐらいわかるだろう」

恭介は賢司の髪の毛をつかんだ。賢司の相貌が歪む。

「ちょっと来い」

賢司を引きずる。

「お嬢さんもリビングのほうへ来てくれるかな？」

綾に言う。綾は小さく頷いた。

恭介は賢司をリビングのソファーに座らせた。

賢司は右拳を押さえてこめかみから脂汗をにじませ、恭介を睨みつけた。

綾が心配そうに様子を見つめる。

「お嬢さん。小さめの平皿と薄手のタオルを持ってきてもらえるかな？」

恭介が言う。

綾はキッチンからコーヒーカップの受け皿とタオルを取り、恭介の傍《かたわ》らに戻ってきた。

小皿とタオルを受け取った恭介は賢司の隣に座り、言った。

「右手を出せ」

「何をする気だ……」

「骨が曲がらないようにしてやるだけだ。出せ」

賢司の右手首をつかんで引き寄せ、手のひらに小皿を添えた。その上に広げたタオルを巻き付ける。

賢司は顔をしかめ、呻いた。

「痛がるな。男だろう」

タオルを結び、賢司の右手を離す。

「右手は太腿の上に置いておけ。間違っても、そいつで俺を殴ろうなどと思うなよ。そうすりゃ、おまえの基節骨《きせっこつ》は粉々に砕けて右手は二度と使い物にならなくなるからな」

恭介が言う。

賢司は舌打ちをした。観念したのか、賢司の顔から毒気が失せる。

恭介は微笑み、訊いた。

「さて、寺嶋。小滝町の公園での事件のことだが、知っていることを全部話せ」

「あんた、P2だろ？　P2ってのは人捜しだけが役目だって聞いてるぜ」

「今回は少々事情が違う。取り調べをしているわけじゃない。知っていることを教えろと言ってるんだ」

「それが人にモノを訊く態度かよ」

「おまえが言うことじゃない」

賢司の頭を軽く小突いた。

「話さないなら、俺の質問に答えろ。サンダーを買ったのは、おまえだな？」

「……ああ」

賢司は渋々答えた。

「どこで買った？」

「センター街の入口あたりだよ」

「売人がうろついているあたりか？」

「それよりちょっと外れたところだ」

「誰から買った？」

「知らねえよ」

「そんなわけないだろう」

「ホントだって。知らない女から買ったんだ」

「女？　外国人か？」

「日本人だ。いつもの売人がいなくてさ。他のヤツから買うと混ぜ物をつかまされるから、いいブツを探してたんだよ。そうしたら、その女から声をかけてきて」

「どんな女だ？」

「背が高くて黒髪の長いストレートで美人だった。渋谷じゃ、初めて見る顔だったよ」

「なんと声をかけてきたんだ？」

「サンダー知ってるかって。絶対に嘘だと思ったんだけど、どうせいつものブツが手に入らねえなら、そういうお遊びもありかなとか思って買ったんだ。値段もサンダーにしちゃあ、安かったし」

「周りに外国人がいたりはしなかったか？」

「その女一人だった。外国人の売人で知らねえ顔があれば、オレにはわかるから」

賢司はすらすらとしゃべった。

差し向かいに座って話を聞いていた綾の表情が険しくなる。

恭介は綾の変化に気づき、賢司に訊いた。

「彼女は知らないのか？」

「知らねえよ。小滝町で死んだ連中がオレの遊び仲間だってのは知ってるけど、オレがブツを仕入れてたことは知らねえ。綾にもやらせたことはねえ。マジで付き合う女にクスリはやらせねえと決めてたから」

賢司が綾を一瞥《いちべつ》した。綾の瞳に困惑が滲む。

「いいところもあるじゃないか。しかし、薬物は誰にもやらせちゃいけない。今回のことでよくわかっただろう？」

恭介が言う。

賢司は顔を伏せ、左手を握った。

「オレ……あんなことになるなんて思わなくてさ。Sをやった時でもあんなメチャクチャなことにはならなかった。みんな、狂ってたよ。わけのわからねえこと口走って……。しまいには殺し合いが始まって……。ホント、あんなことになるなんて思わなかったんだよ。あんなことに……」

賢司は震えた。恭介は賢司の肩に手をかけ、握った。

「おまえも懲《こ》りただろう。見逃してやるわけにはいかんがな」

「わかってるよ……」

「だが、ちょっと協力してもらいたいことがある」

恭介が言う。賢司が顔を上げた。

「何だ？」

「これ以上、サンダーを蔓延《まんえん》させないためにも、その女を捕まえる必要がある。難しいことではない。そいつを捜すのを手伝ってほしいだけだ。顔を知ってるのはおまえだけだからな、今のところは」

「そういうことなら協力するよ」

賢司は恭介を見つめた。

恭介は頷き、綾に顔を向けた。

「お嬢さん。あんたはここを引き払って、実家へ帰るんだ」

「どうしてですか?」

目を丸くする。

「理由は言えないが、寺嶋と付き合っていた以上、あんたに火の粉が降りかかる可能性もある。すべてが片づくまで実家に帰ってなさい。いいね」

語気を強める。

綾の顔が強ばった。

「お嬢さん。必要なものだけ急いでまとめなさい。送っていくから」

恭介が言う。

綾は小走りで自室へ駆けていった。

「寺嶋。おまえ、あの子にだけはマジだったようだな」

「ああ」

「覚えておけ。刹那《せつな》に興ずれば、大事な物を失う。まだ、やり直せる。しっかりしろ」

恭介はうなだれている賢司の背中を叩いた。

6

「おう、加志田だ。……ちょっと待て」

リンクルにいた加志田は携帯の通話口を手で伏せ、正面に座っている井藤に声をかけた。

「井藤さん。城島を見張らせているヤツから連絡が来たんですが、ヤツがマンションから若い男女を連れだしたそうです」

「ケンジか?」

「わかりませんが。どうします? 捕まえますか?」

加志田が言う。

井藤は腕組みをして、宙を見据えた。

「まあ待て。ケンジなら連絡をしてくるはずだ。仮にケンジだとして、連絡してこないなら何か魂胆《こんたん》があるのだろう。しばらく、泳がせろ」

「わかりました」

加志田は部下に井藤の言葉を伝えた。

井藤はその様子を見ながら、ウイスキーのグラスを手に取った。

第三章　死の香り

1

恭介《きょうすけ》は賢司《けんじ》と連れ立って、夜の渋谷に来ていた。まだ電車のある時間だ。駅前は人でごった返している。

恭介は賢司とともにハチ公口のスクランブルの角に立ち、周りを見ていた。

ＱＦＲＯＮＴのガラス張りの大型ビジョンにメッセージが流れている。が、行き交う人々はそんなものには目もくれず、黙々と歩いていた。

「どのへんだ？」

「通りの向こうにドラッグストアがあるだろ。あのあたりだよ」

賢司は通りの向こうを指した。

ドラッグストアの手前に地下へ下りる入口がある。

「あの地下入口だな？」

　恭介は目で指した。賢司が頷《うなず》く。

　スクランブルの歩行者信号が青になった。通りの端に並んでいた人の群れが一斉にスクランブルを埋め尽くす。

　恭介と賢司は人波を縫い、ドラッグストア前の地下入口に来た。賢司が階段を数段下り、立ち止まる。

「ここに、こんなふうに立ってたんだ」

　賢司は壁に寄りかかり、恭介を見上げた。

　恭介も賢司のところまで下りた。通りを見上げる。通りを行く人たちは、気をつけて見ないと人がいることに気づかない位置だった。

「おまえ、わざわざこんなところを覗《のぞ》いたのか？」

「一応ね。売人って、通りの路地か、こういうとこにしかいねえから。でももう、髪の長い女はここにはいないと思うよ。事件のことはニュースとかで知ってんだろうから」

「わかっている。ここへ来たのは少しでも情報を集めるためだ。おまえがいつもドラッグ買っていた売人というのはどこにいる？」

「センター街のほうだよ」

「行こう」

　恭介は路上に出ようとした。その腕を賢司がつかむ。

「一見《いちげん》のあんたがいたんじゃ、売人たちが逃げちまう」

賢司は階段を上がった。

「オレが訊《き》いてきてやんよ」

「一人で回るのは危ない」

「心配すんなって。新宿も渋谷も、オレにとっちゃ、家みてえなもんだから。いざとなったら逃げて、あんたのとこに行くよ」

賢司は微笑み、人混みの中へ飛び出した。

「待て！」

恭介は賢司の姿を追ったが、たちまち人波に飲まれ、賢司の姿が見えなくなった。


「アニキ、連中が！」

ハチ公前の広場にいた佐々本《ささもと》が吉見《よしみ》の袖《そで》を捕まえ、スクランブルを埋め尽くす人混みを指さした。

賢司に続いて、恭介がスクランブルを渡り、センター街のほうへと消えていく。

「バカ野郎！　何、ぼさっとしてやがんだ！　さっさと連中のあとを追え！」

吉見は小声で怒鳴った。

「はい！　おら、どけ！」

佐々本は前から来る人間を突き飛ばし、恭介たちの後ろ姿を追った。小柄な佐々本の姿が見えなくなる。

「まったく……」

吉見は小首を振り、スーツの内ポケットから携帯を取り出した。アドレスを呼び出し、その名前を押す。
二、三回鳴って、相手が出た。
「もしもし、加志田《かしだ》さんですか。吉見です」

——おう、ヤッらの様子は？

「連中、渋谷に来てます」

——渋谷だと？　何やってんだ。

「わかりません。センター街のほうへ消えていきました。今、佐々本に連中のあとを追わせてます」

——そのまま見張ってろ。見失うんじゃねえぞ。

「はい。また、後ほど報告を——」

吉見が電話を切ろうとした時、電話口の相手が替わった。

——吉見。井藤《いとう》だ。

「こりゃどうも」

——渋谷はどんな具合だ？

「いつもと変わんねえですよ。呆けた連中がうじゃうじゃ湧《わ》いてます」

——城島《じょうじま》たちは？

「加志田さんにも言いましたが、センター街のほうへ行きました」

——そうか。しっかり見張ってほしいのはヤマヤマだが、人混みに紛《まぎ》れて見失っちまったら、深追いはするな。おまえらのシマじゃねえんだしな。見つからねえと思ったら、城島の自宅を張れ。渋谷で何をしていたかは捕まえて吐《は》かせりゃすむことだ。わかったな。

「万が一見失ったときは、そうします」

吉見は携帯を切ってポケットにしまい、自分もセンター街のほうへ走った。


加志田と井藤はリンクルにいた。奥のボックス席でグラスを傾けている。通常営業が始まった店内には、なじみの客が顔を見せていた。が、奥のボックス席に近づく者も目を向ける者もいなかった。

「井藤さん。見失ったからって、そんなに簡単にヤツらを引かせていいんですか？」

加志田が怪訝《けげん》そうに訊いた。

井藤はタバコを取りだし、咥《くわ》えた。加志田がテーブルから身を乗り出し、ライターを井藤の前に差し出す。深く煙を吸い込んだ井藤はタバコを指で挟んで口から離し、天井を見上げ、紫煙《しえん》を吐き出した。

ゆっくりと加志田に視線を戻す。

「渋谷はおまえらのシマじゃねえだろうが。そんなところで流心会《りゅうしんかい》の人間が目を血走らせて走っていてみろ。何かあるんじゃねえかと勘繰られるだけだ」

「そりゃ確かにあそこは俠輪組《きょうりんぐみ》系のシマですけど、もし、あれこれ訊かれたとしても、事情を話せば大事には——」

「本気で言ってるのか？　だとしたら、相当のバカだな」

井藤が鼻で笑う。加志田が気色《けしき》ばんだ。

「いくら井藤さんでも言葉が過ぎませんか」

喉元《のどもと》で怒気を押し殺す。

井藤は、加志田に冷ややかな視線を向けた。

「バカだから、バカって言ってんだ。わからねえのか？」

「……いい加減にしてくださいよ」

加志田は拳を握って震えた。

「殴りたいなら殴れ。その代わり、こっちにはこいつがあるんだ」

井藤はスーツの前を開いた。拳銃を覗かせる。

「俺なら、今ここでおまえに弾をぶち込むこともできる」

笑みを浮かべた。

黒光りする実銃を前にし、加志田の眦《めじり》が引きつる。

「前に言っただろう。合法的に人を殺《や》れるのは警察だけだって」

井藤は合わせを閉じ、胸元を叩いた。

加志田のこめかみに脂汗《あぶらあせ》が滲《にじ》む。

「落ち着け。すぐカッとなるのがおまえらの悪いクセだ。なぜバカと言ったかわからねえのか、本当に？」

「……わからねえよ」

加志田は井藤から視線を逸《そ》らした。

「今、見張りに出ている連中が俠輪組の連中に捕まってみろ。余計なことまでゲロしちまうだろう」

「余計なこと？」

「サンダーの件だよ。その話をしなきゃ、なぜ城島たちを追っているのか説明がつかねえ」

「そこはうまいこと――」

「俠輪の連中が三下《さんした》ごときのカタリに騙《だま》されると思っているのか？　本気でそう思っているなら、判断力は虫以下だ」

井藤が失笑する。

加志田は眉間《みけん》に皺《しわ》を立て、テーブル越しに身を乗り出した。

井藤も立ち上がり、鼻先を突き合わせた。加志田の黒目を睨《にら》み据える。どちらが極道かわからない迫力だった。たまらず、加志田の目が泳ぐ。

「いいか。サンダーの利権はどの組織も欲しがっているんだ。かつて爆発的に流行したクラック以上になりかねんからな。それを俺が目を光らせて抑えてやってんじゃねえか。おまえらのためによ。そんな状況下で流心会がサンダーを独占販売していることが周りに知れてみろ。義理もクソもなく、他の組織はてめえらを的にかけるぞ。そうなりゃ、アガルマも裏切る」

「そりゃねえ。アガルマとうちの親父はいわば兄弟みたいなもんだ。アガルマに限って裏切るなんてことはねえ」

「兄弟だって、遺産相続になれば血みどろの殺し合いをするだろうが」

井藤は吐き捨て、ソファーに座り直した。深くもたれ、脚《あし》を組む。

「そんな甘いことを言ってると、寝首を掻《か》かれるぞ。金を前にしたら、人間なんざコロリと寝返っちまうことぐらい、極道のてめえが一番よく知ってんだろうが」

脚を解いて、ゆっくりと立ち上がった。

「どこへ？」

「帰るんだよ。ここにいても仕方ねえだろ。俺たち刑事は身体が資本なんでな」

井藤は加志田を見下ろした。

「とにかく連中に深追いさせるな。もし、城島に捕まってもことだしな。何かあれば、連絡してこい」

井藤は出入口へ向かう。

ドアから、井藤の姿が消えた瞬間、加志田は井藤が使っていたグラスを握って、壁に投げつけた。グラスが砕《くだ》け、残っていたウイスキーとともに飛び散る。

物音に気づいた客たちは顔を引きつらせ、立ち上がろうとする。それを従業員たちが止めようとしていた。

マスターが奥のボックスに駆け込んでくる。

「加志田さん。困りますよ、そんなことされちゃあ……」

「うるせえ！　てめえもぶち殺すぞ！」

加志田の気魄《きはく》に押され、マスターは砕けたガラスを片づけようともせず、フロアへ戻っていった。

加志田はソファーに腰かけ、大股《おおまた》を開いて、ボトルを取った。口辺からこぼれるほどウイスキーを呷《あお》る。

「くそう……あのクサレ刑事が。城島やガキを殺る前にてめえを殺ってやる……」

加志田はソファーの残像を睨みつけ、さらにウイスキーを呷った。


物音を聞き、井藤は呆《あき》れた顔で首を横に振った。

「どうしようもねえバカだな。あんなヤツが幹部じゃ、流心会も長くねえな」

井藤はエレベーター前の非常階段を下り、踊り場で立ち止まって、携帯を出した。電話をかける。

「――俺だ。今からそっちへ行く。それとラフマールはいるか？」

井藤が言う。

やや間があって、男が出た。

――何です？

「おまえ、城島の顔を覚えてるな？」

――はい。

「ヤツがガキを連れて、渋谷のセンター街にいるらしい」

——ケンジというヤツですか？

「わからんが、何人か連れて渋谷へ行き、そのガキを見つけてさらってこい。おまえらのネットワークで居場所はわかるだろう。それとおまえは、城島を捜して——」

井藤は強く携帯を握った。

「殺れ」

命令し、そのまま階段を下りた。

2

「どこに行きやがったんだ、あいつは……」

恭介は、センター街脇の路地を覗いて回った。

道玄坂《どうげんざか》とセンター街に挟まった、文化村通りへ出るまでの三角地帯には細い路地が走っている。通りのネオンが届かない薄暗い路地には若者だけでなく、肌の色も国も違う外国人たちがひしめいている。

賢司に似た若者を見つけるたびに、近づいて顔を確かめる。が、賢司の姿はない。

恭介は入り組んだ路地を深く潜った。

賢司は、円山町《まるやまちょう》のホテル街へ続く狭い路地に来ていた。坂の途中に口周りに髭《ひげ》を蓄《たくわ》えた毛深い男を見つけ、声をかける。

「よう、オマル。捜したぜ」

「ケンジ！」

男は親しげな笑みを浮かべ、近づいてきた。賢司の右手の包帯を見て、腕を広げる。

「どうしたんだ、その手？」

大仰《おおぎょう》に目を見開く。

「ちょっとな」

「ケンカ、よくないぞ」

「ケンカじゃねえよ」

「まあいい。今日は何がいるんだ？　Sでいいブツが入ってるぞ」

「今日はいらねえんだ。それより、オマル。ちょっと訊きたいことがあるんだ。駅前のドラッグストアあたりでヤクを売ってた髪の長い女を知らねえか？」

「女？　売人？　どこの人？」

「日本人だよ。背中まで伸びたストレートの黒髪の女なんだ」

「うーん……ホントに売人か？　だったら、オレらが知らないわけはないが……」

オマルは腕組みをして、首を傾《かし》げた。

と、オマルが持っていた携帯が鳴った。

「ちょっと待て。仲間にも訊いてみるよ」

オマルは携帯に出た。

外国語で話している。賢司には何を言っているのかわからない。いつもの光景だ。さして気に掛からない。

オマルが携帯の通話口を押さえ、賢司に向いた。

「ケンジ。ジョウジマという男を知ってるか？」

「城島恭介って人なら、知ってるけど」

賢司が言う。

オマルは再び、母国語でしゃべりだした。

タバコを咥えて火を点《つ》け、オマルの電話が終わるのを待つ。

三分ほどで、オマルは電話を切った。

「城島さんに何か用か？」

賢司は煙を吐き出した。

「ケンジの知っているジョウジマとは関係ないみたいだったよ」

「そっか。で、女のことは何かわかったか？」

「仲間に見たヤツがいた。どこにいるかも見当がつくそうだ」

「マジかよ！　そいつと会えるか？」

「会ってもいいって言ってる。どうする？」

「もちろん会う。それと、ツレがいるんだけど、そいつも一緒に連れてっていいかな？」

「ダメ。ケンジだから会わせる。他のヤツに顔を知られたら困るからね。一人で会えないのなら断るよ」

　オマルが携帯を取り出した。

「わかった、わかったよ。一人で会うから」

　あわてて止めた。オマルは携帯をしまった。

「彼、ちょっと遠くにいる。二十分ぐらいで着く」

「じゃあ、ファストフードにでも行くか？　コーヒーおごるよ」

「人目につかないほうがいい。オレの行きつけがあるんだけど、付き合うか？」

「かまわねえよ」

「じゃあ、行こう」

　オマルが言う。

　賢司はポケットに入れた携帯を握った。一応、城島に連絡を入れておくべきか、逡巡《しゅんじゅん》する。が、すぐに携帯から手を離した。

「まあ、戻って報告すりゃあいいわな」

小声で呟《つぶや》き、オマルと一緒に歩き出した。


「いつまで、歩かせるんだ！」

佐々本は恭介の背中を必死に追っていた。

恭介は百軒店商店街《ひゃっけんだなしょうてんがい》を奥へと進む。

連れの少年の姿は見失ってしまったが、どちらか一方の姿さえ追っていれば、いずれ合流するだろうと、佐々本は踏んでいた。

恭介は百軒店商店街の端まで来て、人気《ひとけ》のない路地に入った。

佐々本は見失うまいと、小走りで恭介の姿を追った。明かりの消えたビルの角を曲がる。

その時だった。

突然、目の前に恭介が現れた。佐々本の行く手を阻《はば》むように仁王立ちしている。

佐々本の顔が引きつった。

「何の用だ？」

恭介は佐々本を見据え、静かに訊いた。

「な……何の話だ？」

そらとぼける。

恭介は佐々本の胸ぐらをつかんだ。踵《かかと》が浮き上がる。恭介は腕を突っ張り、ビル壁に思いきり佐々本の背中を押しつけた。

佐々本が息を詰めた。

「いつから俺につきまとっていた？」

「だから、何のことだか……」

佐々本はなおもシラを切ろうとする。恭介は再度、壁に背中を叩きつけた。佐々本の相貌《そうぼう》が歪《ゆが》む。

「こないだ俺を襲ってきたのは、おまえの仲間か？」

「何を言っているのか、さっぱり――」

佐々本が目を剥《む》いた。恭介の拳が腹部にめり込んでいた。胃液が込み上げる。

「さっさと吐かねえと、動けねえ身体にしちまうぞ」

再び拳を腹部に叩き込む。

胸ぐらから手を離すと、佐々本が両膝《ひざ》を落とした。口から胃液混じりの涎《よだれ》を垂れ流し、前のめる。

恭介は佐々本の脇《わき》に屈《かが》み、髪の毛をつかんだ。顔を上げさせる。

「何の目的で俺のあとを尾《つ》けていた。言え」

右腕を振り上げる。

佐々本は肩を竦《すく》め、亀のように首を引っ込めた。弱々しく恭介を睨み上げる。

「か……金を盗《と》ろうと思ったんだよ」

「俺からか？　見え透いたウソつきやがって」

「ホントだ！　なんかあんた、いいライダース着てるし、路地をウロウロしてたから、どこかで襲って金を奪ってやろうとしてたんだ。ホントだよ！　襲われたとか、仲間だとか、何のことだかわかんねえ！」

佐々本は必死に訴えた。

佐々本を見据える。今にも泣き出しそうな顔だった。

恭介はふっと笑みを滲ませ、手を離して立ち上がった。

「まあ、いい。行け。今度、俺の周りでうろちょろしてやがったら、半殺しだ。わかったな」

恭介が言う。

佐々本は何度も頷いて立ち上がり、左手で腹を押さえたまま、恭介の前から走り去った。

恭介は、小さく首を横に振り、百軒店商店街の外れに消えていく。

佐々本はビル陰に隠れて息をつき、その場に座り込んだ。携帯を出し、吉見に連絡を入れる。ワンコールで吉見が出た。

――どうした？

「尾行がヤツにバレちまいました」

――何やってんだ、てめえは！

「すみません。これ以上、追うのは無理です」

――使えねえヤツだな。戻ってこい！

「ガキのほうは捜さなくていいんですか？」

――深追いするなという指示が出ている。城島のヤサを張り込め。

「わかりました。すぐ戻ります」

佐々本は急ぎ、道玄坂へ下った。

3

リンクルを出た井藤は、その足で大久保南町まで来ていた。

大通りから一歩入ると急に薄暗い路地に入る。怪しげなホテルが立ち並び、きわどい恰好で着飾った外国人女性たちが通りに居並び、鼻の下を長くした日本人男性を誘っている。その女たちの様子を見ながら、ビール片手に突っ立って話している外国人男性たちもいる。

彼らは井藤の姿を見ると、建物の陰に身を隠した。

井藤は咥えタバコで歩き、ホテル街のはずれにある一軒の店の前で立ち止まった。看板はない。ドアに書かれている文字もペンキが剝《は》げ落ち、何と書いてあるのかわからない。

ドアを開けた。香辛料のニオイがムンと漂《ただよ》ってくる。タバコの煙が充満する店内に数名の男たちがひしめいていた。みな、中東アジア系の顔立ちだ。日本人は一人もいない。男たちは席に座ったまま、井藤を見据えた。カウンターの中から浅黒く大きい男が出てきた。井藤の前に立つ。

「おかえりなさい、ボス」

大男は流暢《りゅうちょう》な日本語で言葉を掛け、頭を下げた。

井藤は頷き、中へ入った。男に案内され、半円形のボックスの中央に腰を下ろす。

と、散在していた男たちが、それぞれのグラスを持って井藤の周りに集まってきた。

カウンターにいた男がウイスキーとグラスを取ってきた。井藤の正面に立ち、グラスにウイスキーを注ぐ。

「おまえも座れ」

「はい」

男はボトルをテーブルに置き、差し向かいの丸イスに腰を下ろした。

井藤はタバコを灰皿で揉《も》み消し、グラスを取った。ソファーにもたれて脚を組み、男たちをゆっくりと見回した。

正面の大男に目を向ける。

「タジム。ガキは見つかったか？」

「イラン系組織の売人・オマルのところへ現れました。オマルがここへ連れてきています」

「城島は？」

「今、捜しています。ラフマールたちはみな、城島のほうへ向かっています」

「何人で行った？」

「三人です」

「大丈夫か、そんな人数で？」

「心配いりません。仲間内でも優れた人間をセレクトしましたから」

「ふむ……」

井藤はグラスに目を落とした。

「ところで、ボス。サンダーの件はどうなっているんですか？」

タジムが訊いた。

「そのことだが、計画変更だ。直接、アガルマと交渉する」

「いよいよ、Z単独で始動ですか」

井藤の言葉に、男たちが色めき立った。

「蘆川《あしかわ》とアガルマの仲を利用して、蘆川を窓口にサンダーを横流ししようと思っていたが、流心会のボンクラどもに任しちゃおけない。このままだと他の組織にまでサンダーが出回って、価格が暴落する。そうなったらリスクを冒《おか》しても旨味《うまみ》はない。トンチャイ」

「はい」

井藤の左隣にいた小柄な男が返事をした。

「おまえのルートでコンタクトを取って、アガルマと会うセッティングをしろ。場所は日本だ。何が何でも話をまとめてこい」

「OK、ボス」

トンチャイはさっそく席を立ち、店を出た。

「しかし、ボス。アガルマが蘆川を裏切って、我々の直接交渉を受けますか？　しかも、日本へ出てこいというのは……」

タジムが訊く。

「受けなければ、ヤツの日本の出先機関を潰《つぶ》すまでだ」

井藤はこともなげに答え、一番左端にいるターバンを巻いた男を見やった。

「ハズー。おまえは武器を調達してこい。大きめの物も揃《そろ》えておけ」

井藤が言う。

ハズーは静かに立ち上がり、店外へ消えた。

「何を始める気ですか？」

タジムは不安を覗かせた。

「優良なブツを独占的に扱おうとしているんだ。そこいらの組織は簡単に潰せる用意はしとかなきゃな」

「しかし、ボス。そんなに派手に動いて大丈夫なんですか？」

タジムがちらりと胸元を見やる。

井藤はポケットに入れた警察の記章に目を向けた。

「俺の身分を心配しているのか？　だったら、余計な世話だ。警察に用がなくなれば、肩書などはいつでも捨ててやる」

井藤はほくそ笑んだ。タジムは緊張の面持ちで息を呑んだ。

ドアがノックされた。

「入れ」

タジムがドア口のほうを向いて言う。

ゆっくりとドアが開く。ほっそりとして背の高い若者が顔を出した。中にいる外国人たちを見て、相貌が強《こわ》ばる。

　賢司だった。

　賢司の背中を押して、オマルが入ってきた。オマルは井藤の顔を見た瞬間、目を見開いた。前にいた賢司は、オマルの変化に気づかない。

　タジムが近づいてきて、オマルに抱きつき、耳元でささやいた。

「騒ぐなよ」

　賢司は、タジムとオマルの様子を見やった。

　アラビア語をしゃべっている。賢司には挨拶《あいさつ》をしているだけにしか見えない。

　賢司はボックス席を見やり、一人だけいる日本人に目を向けた。

「あんたは?」

「ケンジだな?」

「なぜ、知ってるんだ」

「おまえを待っていたからさ」

「じゃあ、黒髪の女を知ってるというのはあんたか?」

　賢司に言う。

　井藤は答えず、笑みを浮かべた。

「まあ、こっちへ来い。酒は飲めるだろう？」

「ああ……」

「タジム。グラスをもう一つ……オマル、おまえも飲むか？」

「オレは……」

断ろうとしたが、タジムに睨まれ、仕方なく頷いた。

「二つ、用意してくれ」

井藤が言う。

タジムがカウンターへ戻る。入れ違いにオマルと賢司が歩を進める。脇にいた男たちが席を空け、賢司とオマルを井藤の両隣に座らせた。

戻ってきたタジムは、二つのグラスにウイスキーをロックで注いだ。二人の前に差し出す。

賢司は、井藤の横で小さく丸まっているオマルに気づいた。

「どうしたんだ、オマル？　おまえが言ってた仲間ってのは、この人じゃねえのか？」

「いや、この人は……」

「名前は？」

賢司は井藤を訝《いぶか》しげに見た。

「井藤だ」

手を差し出す。賢司は握手をした。

「とりあえず、乾杯だ」

井藤がグラスを持ち上げる。

「何に乾杯するんだよ」

「この出会いと君たちの未来にだ」

井藤が言う。

賢司は小首を傾《かし》げた。とりあえずグラスを合わせ、ウイスキーを口に含んだ。一口飲んでグラスを置き、井藤に向き直る。

「あまりゆっくりはしていられないんだ。あんたが誰だろうとかまわないが、黒髪の女のことを知っているなら教えてくれ」

「そのことか」

井藤はほくそ笑んだ。じっとりと賢司を睨《ね》める。

「それを知りたいのはこっちなんだがな」

井藤が言った。

賢司の眦が強ばった。オマルは緊張感に耐えきれず、立ち上がろうとした。右隣にいた男が喉元に細いナイフを突きつける。オマルは動けなくなった。

賢司も逃げようとした。背後から腕が回ってきた。ナイフの切っ先が喉仏《のどぼとけ》を狙っている。賢司は硬直した。

「動くなよ。こいつらはみな、中東や東南アジアで民兵として働いていた連中だ。人を殺すことなど何とも思っていない」

「わけわからないんだけど……」

声が震える。

「おまえを捜していたんだ。訊きたいことがあってな」

「何を知りてえんだ……」

「おまえ、小滝町の公園にいたんだろう？」

「なぜ、そのことを――」

「それぐらいはわかる。あそこで死んだガキどもの中でヤクを買ってくる役目はいつもおまえだった。そのおまえが当日、現場にいないというほうがおかしいだろう」

「なんで、オレがヤクを仕入れたことを知ってんだよ」

「それが本業だからな」

井藤は内ポケットから身分証を出して見せた。

「刑事だと！」

賢司は吃驚《きっきょう》し、双眸《そうぼう》を見開いた。

「P2の城島におまえを捜させたのも俺だ。だが、あのクソ野郎はおまえを見つけたというのに、連絡一つしてきやしない」

井藤はウイスキーを飲み干し、グラスをテーブルに叩きつけた。

賢司とオマルの双肩がびくりと跳《は》ねる。

「おまえに訊きたいことは三つ。小滝町の公園で何を見たか。おまえにサンダーを売った女の特徴とその他に知っていること。城島が何をしようとしていたのか。正直に答えなければ、こうなる」

井藤は指を鳴らした。

オマルを見やる。背後にいた二人の男がオマルの両肩を押さえた。

「ノー……」

オマルの両眼が引きつった。じたばたと抗《あらが》う。が、ソファーに押さえ込まれていて、立つこともできない。ナイフを握っていた男が刃を喉仏に押し当てた。

「殺れ」

「ノー！」

オマルが絶叫した。

背後にいた男がナイフを引いた。

オマルの双眸がカッと見開かれた。

喉元から右頸動脈《けいどうみゃく》まで直線の赤い筋が走った。後ろにいた男がオマルの髪の毛を引っ張った。顎《あご》が上がり、傷口が開く。鮮血が噴き出した。紅血のスプレーがグラスやテーブルを染める。

賢司の顔から血の気が失せていく。声も出ない。瞬《まばた》きもせず、オマルの屍《しかばね》を見つめるだけだった。

「あんたら……狂ってる」

思いが口を衝《つ》く。

井藤は片頰を上げた。

「狂ってる？　ゴミを一つ片づけただけだ。気にすることはない」

井藤がタジムを見た。

タジムは他の仲間と共に屍を抱え、裏口へ消えた。

賢司はフロアに点々とする血溜まりを見やり、息を吞んだ。

「さて、じっくりと話してもらおう。万が一、何かを隠そうとしている様子が見て取れた場合は即、おまえの血でテーブルを汚すことになるから、そう思え」

井藤は静かな口ぶりで言った。

ぞっとした。途端、全身が震えだした。恐怖が全身を駆け巡る。身震いが止まらない。

賢司はウイスキーを喉に流し込んだ。口辺の滴《しずく》を手の甲で拭《ぬぐ》う。

「正直に話したら……帰してくれるんだろうな」

「おまえの態度次第だ」

「オレが戻らねえと、城島さんがあんたらを見つけることになるぜ」

「城島が？」

井藤は肩を竦めて見せた。大声で笑う。男たちからも含み笑いが漏《も》れた。

「それはない」

「ない？」

「ああ。なぜなら、ヤツはもうすぐ渋谷のどこかでのたれ死ぬことになるからだ」

井藤の言葉に、賢司は絶句した。

4

恭介は、公園通り近くまでくまなく路地を捜してみたが、賢司の姿は見当たらなかった。

腕時計に目を落とす。午前零時を回ったところ。公園通りに出ると、駅へ向かう人とこれからまだ遊ぼうとしている若者でごった返していた。

携帯で連絡を取りたいが、もし売人と接触している最中だと賢司の身に危険が及ぶ可能性もある。

「どうしたものか……」

通り沿いのビル壁にもたれ、息をつく。

恭介はセンター街方面へ戻ろうと、駅へ向かう人の波に逆らい、歩きだした。

すると、前から浅黒い男が近づいてきた。うつむいて歩いているからか、行き交う人にぶつかり、よろけている。

その男がふらふらと恭介の方へ近づいてきた。

倒れないよう、手を差し伸べようとする。その時、目の端に何やら違和感のある輝きが飛び込んだ。

強烈な殺気が肌に伝わる。

恭介は反射的に後方へ飛び退《の》いた。

恭介の脇から出てきたサラリーマンが、悲鳴を上げた。

サラリーマンの腕に何かが刺さっていた。

男の手には、サック付きの金属が握られている。

恭介の眼光が鋭くなった。

「コマンドナイフだな」

恭介が呟く。

男は通行人を突き飛ばし、車道に飛び出した。走ってきた車が急ブレーキをかける。スキール音に周りの人たちが足を止めた。

恭介は男を追った。

眼前にワゴンが迫る。恭介は地を蹴り、ワゴンの前を横切ろうとした。ワゴンが急ブレーキをかけた。後部が滑る。白煙を上げ、スピンしたワゴンの後部が恭介に迫る。恭介は地面に飛び込んだ。アスファルトを転がる。爪先のわずか数センチをリアバンパーが掠《かす》める。

「死にてえのか、てめえ！」

運転手が喚《わめ》いた。

が、恭介は耳も貸さず、男を追った。

男は、狭く薄暗い通り裏の路地を右に左にと駆け抜けた。恭介を撒《ま》こうとしている。が、恭介はしっかりと視界の端に男を捉《とら》えていた。

男は宮下公園へ上がった。薄暗く、ホームレスたちのビニールシートが居並ぶ舗道をひた走る。

奥へ進むほどに、ホームレスたちのビニールシートがなくなっていく。ベンチや地べたでたむろしている若者の姿も少なくなる。

恭介は男の背を追う傍《かたわ》ら、変化していく周りの様子も見ていた。神経が昂《たかぶ》ると、周りの状況がよく見えるようになる。傭兵時代からの習性だ。

男は公園の街灯が切れ、ひときわ暗くなっている場所に走っていく。暗がりに入る際、男が肩越しに恭介の姿を確認した。

一瞬の仕草だったが、違和感を覚えた。ますます五感を尖《とが》らせる。

暗闇に飛び込んだ瞬間、左手に強烈な殺気を感じた。恭介はとっさにベンチの陰に飛び込んだ。気配を探る。

走り去ったはずの小柄な男が暗闇から姿を現した。植え込みから男が二人出てくる。

三人の男は恭介が隠れたベンチを見据えていた。

「出てこい、城島」

聞き覚えのある声だ。記憶を紐解く。

「ヤツか……」

賢司のアパートを訪れた際、急襲してきた男の声だった。

恭介はやおら立ち上がり、ベンチの陰から出た。

三人の男たちと対峙《たいじ》する。三人とも彫りの深いアジア系の顔立ちをした外国人だった。

「我々の待ち伏せに気づくとは、やはり素人じゃないな」

真ん中に立っているひょろりとした男が言った。

「BC41仕様のコマンドナイフを使うヤツなどそうはいないからな。警戒させてもらった。ところでおまえ、右腕はもう治ったのか？」

恭介は口角を上げた。

男は右腕を持ち上げた。ギプスが妙に膨らんでいる。

恭介は植え込みに飛び込んだ。瞬間、空気を裂《さ》く音が聞こえた。背を低くし、立木の裏に身を隠す。

弾丸が木の幹を抉《えぐ》る。右横から草を踏む音が聞こえた。目の端で右横を見やる。コマンドナイフを手にした小柄な男が近づいてきている。

しかし、立木の裏からは出られない。出れば間違いなく、ギプスをした男に狙い撃ちされる。

小柄な男がナイフを突き出した。恭介は前方へ飛び、隣の立木の死角に入った。

間髪を容れず、小柄な男が襲ってくる。動きが速い。恭介は紙一重でかわす。切っ先が厚手のライダースを切り裂く。

再び、隣の立木へと移動する。

もう一人の男が待ち構えていた。中背だが、胸板は厚く、僧帽筋が羽のように逆三角形に盛り上がっている。

男はいきなりハイキックを繰り出した。恭介はとっさに両腕を顔の前に立てた。重い響きが腕の骨を揺るがす。

「ムエタイか」

「この通りだ」

恭介は後退した。

しかしすぐ、背の低いフェンスに詰まった。

左右斜め前に二人の男が立ちふさがった。

左から小柄な男がコマンドナイフで心臓を狙ってきた。右からは男がハイキックを飛ばす。恭介はハイキックを右腕で受け止めると同時に、左腕を立て、心臓をカバーした。

左前腕にナイフが突き刺さった。恭介の相貌が歪む。

恭介はすかさず右手を下ろし、小柄な男の手首をつかんだ。瞬時に手首を握り絞る。

小柄な男の手が開く。恭介は男の指からサックを抜き取った。ナイフは恭介の腕に刺さったままだ。

ムエタイ使いの男が左ハイキックを飛ばしてきた。

恭介は屈んだ。脛《すね》が恭介の頭部を追尾するように軌道を変え振り下ろされる。さらに屈む。恭介の頭を蹴りが掠める。その蹴りが小柄な男の顔面にめり込んだ。

小柄な男は白目を剝き、鼻腔から血が噴き出した。

恭介は、小柄な男のベルトを握った。一気に持ち上げ、フェンスの向こうに男を投げた。男の身体が宙を舞った。闇に浮いた男が真っ逆さまに落ちていく。

男はアスファルトに叩きつけられ、呻《うめ》きを漏らした。

ムエタイ男が再び左ハイキックを飛ばしてきた。

恭介は左腕に刺さったままのナイフを引き抜いた。すばやくサックを指に通し、男の脛に向け、刃を突き出す。

「ぎゃっ！」

男が鋭い悲鳴を放った。

刃は脛を貫いていた。

男は身を屈めて脛を両手で握り、相貌を歪めた。

恭介は右脚を振り上げた。足の甲が男の顎を撥《は》ね上げる。男の上半身が起き上がり、よろよろと後退して広場に出た。

瞬間、ギプス男の銃が唸《うな》った。

被弾したムエタイ男の身体が躍る。血をまき散らす男が、恭介の側に弾かれた。

恭介はムエタイ男を受け止めた。絶命している。

「仲間を撃《や》ち殺しても平気なのか、こいつら……」

弾幕が止む。

恭介はムエタイ男を抱えて盾にし、ギプス男に迫った。

ギプス男が再び乱射を始めた。貫通した銃弾が恭介の脇腹を掠める。弾丸は木の幹を砕き、フェンスに当たって火花を放つ。

恭介は怯《ひる》まずギプス男に迫った。

弾幕が途切れた。弾切れのようだ。

抱えていた男を投げ出し、ベルトを外す。一気に間合いを詰める。

男はギプスを巻いた腕を突き出した。包帯が割れ、ナイフが飛び出す。

恭介は切っ先をかわして背後に回り込んだ。同時にベルトを首にかけ、両端を握り、反転する。男の背を自分の背中に乗せ、前に屈んだ。

男の足が浮き上がった。恭介は男の首を絞《し》め上げた。

男は呻き、もがいた。恭介は男の身体を揺さぶり、さらに首を絞め上げた。

男が喉を掻きむしる。目はたちまち充血し、鬱血《うっけつ》した顔が膨らむ。やがて、呻き声が掠れて消え、動かなくなった。

ずしりと男の重みが背中にかかった。恭介はベルトを離し、身を起こした。男が背中から落ちる。息絶えた男は双眸を開いたまま、地に伏した。

倒れた男に一瞥《いちべつ》をくれ、階段を駆け下りた。路上に小柄な男が倒れている。恭介は、階段の低いフェンスを飛び越え、男に駆け寄った。

男の脇に屈み、身体を仰向けに起こす。額が割れ、流れ出た血で顔半分が赤く染まっている。が、息はあった。

恭介は男の胸ぐらをつかみ、頰をひっぱたいた。

男が瞼《まぶた》を開く。

「おまえら、何モンだ？」

恭介が訊いた。

男は答えない。一瞬、眼光が鋭くなる。右腕が動いた。恭介は右上腕を握り、地面に押さえつけた。手には小さなナイフが握られていた。手の甲をアスファルトに叩きつける。男の手からナイフがこぼれた。

ナイフを拾い、切っ先を喉笛に突きつける。

「答えろ。殺しが平気なのは、おまえらだけじゃない」

恭介は刃を皮に食い込ませた。

だが男は怯むどころか、口辺に笑みを滲ませた。

「俺一人殺したところで、おまえらに命はない」

言うなり、男は自ら恭介のナイフを握り、喉仏に突き刺した。

双眸を見開き、喀血《かっけつ》する。

「どういうことだ、おい！」

男の両肩を握って揺らした。

しかし、男は息絶え、力なく揺れるだけだった。男の身体を寝かせ、立ち上がる。

「おまえらとは、どういう……！」

賢司のことが脳裏をよぎった。

「まさか！」

恭介は携帯を取り出した。

「――岡尻《おかじり》か。俺だ。宮下公園に三人の外国人の死体が転がっている。回収してくれ。事情はあとで話す。それと渋谷の所轄に連絡して、寺嶋《てらしま》賢司という二十歳ぐらいの若者を捜してくれ。センター街付近にいるはずだ。頼む」

恭介は短く用件を伝え、センター街へ走った。

5

賢司は、ずっと喉元にナイフの刃を押し当てられたままでいた。もう一時間以上になるが、背後の男は微動だにせず、ナイフを握っていた。

賢司の顔は脂汗で濡れていた。目の端にはオマルの鮮血がずっと映っている。それでも叫び出しそうになる自分を抑え、井藤の質問に答えていた。

今、タジムが目の前でスケッチブックと鉛筆を握っている。親指と人差し指で鉛筆を挟み、細かく滑らせ、白い画用紙に絵を描いていた。

賢司は黒目を動かし、画用紙の中を覗いた。

黒髪の美人が描かれていく。鉛筆画なのに写真のような出来映えだった。

「どうだ、うまいだろ？」

井藤が訊いた。

賢司は小さく頷いた。

「こいつはな、母国では美術教師をやっていたんだ」

「美術教師？」

あまりに意外な答えで、賢司は思わず訊き返した。あわてて口を噤《つぐ》む。

井藤は笑みを浮かべ、タバコを咥えた。

「おまえの後ろでナイフを握っているヤツ。そいつは元プログラマー。オマルを殺ったヤツは花屋だ」

「そんな人たちがどうして……」

「わからないだろうな、おまえらみたいな平和ボケしたガキには。こいつらの国ではどんなに優れた職能があっても役に立たないんだよ」

「だから、どうして？」

「少しはニュースぐらい見ろ。こいつらの住んでいるところでは年がら年中戦争をしている。俺たちが見ているような映画の世界じゃない。実弾での撃ち合いなど日常茶飯事。砲弾の音がしても当たり前のようなとこにいるんだ。そんな場所で必要なのは格闘術と銃の扱い方だけ。絵も花も必要ない。プログラマーも、コンピューターを破壊されては何もできないだろうが」

「それはそうだけど……」

「しかし、食うには金がいる。それでやむにやまれず、借金してまで日本へ来たんだ。ところがどうだ？　日本に来たって仕事はない。それどころか、ここで暮らしていくためにさらなる借金をさせられる。本末転倒とはこのことだ。こんなバカな話ないだろう、実際」

井藤の言葉に、賢司は頷くしかなかった。

「だから、罪を犯すしかなくなっちまう。強盗、窃盗、殺人の請負、ヤクの売買。俺たちにはたったの十万でも、こいつらには一千万の価値がある。だからついやっちまう。どんなにきれいごとを並べても、メシは食えない。生きていかれない。そんなこいつらを見てられなくてな。それで手を貸してやってんだ」

「ヤクの売買の？」

「強盗や殺人をやらかすよりはマシだろう。ヤクなんてものは結局、金を持っているボケどもしか使わねえんだ。俺は十数年、そういう連中と渡り合ってきたが、売る連中よりも使う連中が悪いという結論に行きついた。生活にちょっと不満があればクスリに頼る。痩《や》せたいからといって、簡単にクスリを買う。楽しみたいからと簡単にクスリに手を染める。貧困に喘《あえ》いで、一時の夢を見たい途上国の中毒者とはわけが違うんだよ。そんなバカから金をむしり取って、何が悪い。そんなバカどもに金を使わすぐらいなら、こいつらにくれてやったほうがよっぽどマシだ。少なくとも、ヤクを平気でやる連中よりは生きることに真面目だからな」

「でも……それで死ぬ人たちもいる」

賢司が言う。

と、井藤は高笑いを放った。

「おいおい。クズが死んだところで何の問題もないだろう。ある種の浄化だ。むしろ、感謝してほしいくらいだよ」

井藤が話していると、タジムが顔を起こした。

「できた。これはどうだ？」

タジムが描いた絵を賢司に見せた。

「それです。よく似てます」

「そうか、この女か……」

井藤はタジムの手からスケッチブックを取り、女の絵を睨み据えた。

「こいつをコピーして仲間に配り、徹底して捜させろ。見つけても殺すんじゃねえ。拉《ら》致《ち》しろ」

タジムにスケッチブックを返す。

「ＯＫ、ボス」

タジムはスケッチブックを持って、裏口から出ていった。

店内には井藤と賢司、ナイフを握っている背後の男だけになった。妙な静けさに賢司は緊張し、生唾《なまつば》を飲み込んだ。

「さて。あとは、城島が何をしようとしていたかだな」

井藤はタバコを灰皿に押しつけ、賢司を見やった。

「ヤツは何と言っていた?」

「あんたとは言ってないけど、刑事からオレを捜すよう依頼されたって話と、さっき言った女を捜すのを手伝えと」

「理由は?」

「言ってなかった」

賢司が言うと、後ろにいた男が刃を喉元に押しつけてきた。

「マジだって! マジ、聞いてない!」

賢司は必死に訴えた。

井藤は賢司をジッと見た。賢司は井藤を見つめ返した。必死に目で訴える。

「本当のようだな。マシャ。いいぞ」

井藤が言う。

男は喉元からナイフを外し、賢司の隣に腰かけた。

賢司は深く息をついて、ソファーに座り込んだ。緊張がいっぺんに解け、尻がめり込むほどの虚脱感を覚えた。

井藤の携帯が鳴った。ディスプレイを見る。井藤は右手を立てた。マシャが賢司の喉元にナイフを押し当てる。賢司の身体が再び硬直した。

「井藤です。何ですか？　はい……はい。わかりました、すぐ行きます」

井藤は歯切れのいい返事をして、携帯を切った。表情が険《けわ》しい。

「マシャ。俺が帰るまで、こいつを見張ってろ」

「ＯＫ、ボス」

「妙なマネをしやがったら、殺れ」

井藤はそう言い残し、店を出た。

マシャは賢司の喉元からナイフを離し、突き飛ばした。角席に賢司を座らせる。自分はテーブルを挟んで向かいの席に座った。

賢司とマシャは睨み合った。

「いいのか、離れて？」

賢司が訊く。

マシャはニヤリとした。いきなり、握ったナイフを投げつける。ナイフは賢司の頭上をかすめ、壁に刺さった。

「死にたくなければ、動くな」

マシャは袖口から新しいナイフを取り出した。

賢司は太腿《ふともも》に乗せた手に拳を握りしめ、身を震わせた。


宮下公園には、大勢の警官が集まっていた。鑑識課員が現場検証をしている。公園の入口には黄色いテープが張られ、野次馬でごった返していた。

恭介はセンター街を走り回って賢司を捜したが埒《らち》が明かず、現場に戻って来ていた。岡尻と合流し、事情を説明する。

「――では、一人は自己防衛で殺し、一人は味方の銃弾で死亡。もう一人は自殺したということだな？」

岡尻が確認する。

「そうだ」

恭介は頷いた。

話しているところに、所轄の捜査一課長が駆け寄ってきた。課長は岡尻に敬礼し、恭介のほうを向いた。

「死体の状況から見て、君の証言に間違いはないようだ。後ほどうちに来てもらって、もう一度詳しく調書を取ることになると思うがね」

「手数かけます」

恭介は軽く頭を下げた。課長が頷く。

「犯人の武器の種類は特定できましたか？」

岡尻が訊いた。

「詳しく調べてみなければわかりませんが、男の撃っていた銃はミニウージーのようですね。銃床を切って加工しています。それと、こいつがわからないんですが——」

捜査一課長は、ビニール袋に入ったサック付きのナイフを持ち上げた。

「これは？」

「路上に倒れていた男が使用していたものです」

「これは中東のコマンドナイフです」

恭介が言う。岡尻が恭介を見た。

「コマンドナイフだと？」

「そう。BC41という近接戦闘用のコマンドナイフがあるんだが、その亜流だ。傭兵時代に同じものを見たことがある」

「なるほど。その武器の件は、私がインターポールに問い合わせておこう」

課長が言う。

「寺嶋賢司は見つかりましたか?」

恭介は訊いた。課長が首を振る。

「一応、部下に隅々《すみずみ》まで当たらせてみたんだが……」

「寺嶋賢司というのは?」

岡尻が訊く。

「実は──」

話そうとしていたところに、井藤が顔を出した。

井藤は恭介に駆け寄ってきた。岡尻に挨拶もせず、恭介に詰め寄る。

「なぜ、すぐに連絡をしなかった!」

「すみません」

「井藤さん。どういうことですか?」

岡尻が訊いた。

「彼に、小滝町での出来事を知っていると思われる〝ケンジ〟という男の捜索を依頼していたんだ。サンダーの件には他の組織が絡《から》んでいるかもしれなかったから、極秘で見つけ、保護しようと思ってな。あれほど余計な深追いはするなと言ったのに」

井藤が睨みつける。

「ケンジの居所は?」

「わかってない……」

恭介が答える。

「襲ってきた連中は、どんなヤツらだ?」

「外国人だった。中東アジア中心だ」

「ということは、そっち系の組織というわけか……。ヤツらに捕まったんじゃないだろうな、ケンジは」

「……わからん」

「わからんじゃねえだろ!」

井藤は恭介の胸ぐらをつかんだ。

「てめえの勝手な行動のせいで、ケンジは間違いなく殺られる。大事な糸が切れちまったんだぞ! P2かなんだか知らねえが、素人が余計なところにまで首を突っ込むから、こうなるんだ!」

井藤は怒鳴り、恭介を突き飛ばした。

「井藤さん。城島もそういうつもりで寺嶋賢司を連れ回したわけでは」

「あんたは黙ってろ。これは、俺らの問題だ」

井藤は再び恭介を睨みつけた。

「いいか。ケンジが殺られたら、てめえの責任だ。俺は二度とてめえらを使わねえ。てめえらも俺の前に顔を出すな」

井藤は足下《あしもと》に唾を吐きかけ、現場から去った。

岡尻は小さく息をつき、恭介の肩を叩いた。

「恭介。気にするな。おまえのせいじゃない」

「いや……井藤さんの言う通りだ。俺が依頼内容を無視して、首を突っ込みすぎた結果だ」

恭介は肩に置かれた岡尻の手を外した。

「課長さん。今から所轄で調書を取ってもらっていいですか?」

「あ、ああ……」

課長が岡尻のほうを向く。岡尻が頷く。

「では、行こうか」

課長は恭介の背中を軽く叩いて、歩き出した。

岡尻は肩を落として去っていく恭介の姿を、心配そうに見送った。

井藤は一時間もせず、新大久保のたまり場へ戻った。

「おかえり、ボス」

マシャが振り向く。タジムも店に戻ってきていた。

マシャとタジムに睨まれた賢司は、ボックスの隅で足を揃えて座ったまま、身を硬くしていた。

井藤は賢司の頭の上に刺さっているナイフを取って、横に腰を下ろした。

「タジム、酒だ」

井藤が言う。

タジムはカウンターに置いていたボトルとグラスを取り、グラスにウイスキーを注いで差し出した。

井藤はグラスを取って、ぐいっと飲み干した。タジムが身を乗り出して、空いたグラスにウイスキーを注ぐ。

「何だったんですか？」

「渋谷に行っていた」

「じゃあ、城島を――」

タジムが訊く。賢司の眦が強ばる。

「逆だ。ラフマールたち三人はみな殺られた」

井藤がため息を吐《つ》いた。

タジムとマシャが顔を強ばらせた。賢司の口辺に笑みが浮かぶ。ウイスキーを含んだ井藤が賢司のほうを向く。

「そんなにうれしいか？」

井藤が見据える。

賢司はあわてて笑みを引っ込めた。

「うれしいときは素直に喜べばいい」

賢司の肩に腕を回し、引き寄せる。

賢司の頰《ほお》が引きつる。

「ヤツが助けに来ると思うか？」

「いや……」

「正直に言ってみろ」

井藤は賢司の肩を強く握った。

賢司はうつむき、小さな声で答えた。

「……そう思う」

「だろうな。俺もそう思う」

井藤が賢司の肩を叩く。

「だが、残念だ。ヤツはおまえを助けられない」

「どうして――」

賢司が顔を上げた。

井藤はにやりとした。

「こういうことだ」

ナイフの切っ先を賢司の喉元に突き立てる。

賢司の顔からさらに血の気が引いた。

「刑事が人を殺していいのかよ……」

「国家権力をナメんじゃねえぞ、クソガキ」

井藤は切っ先を喉仏に突き刺した。

「あがっ！」

賢司が双眸を剥いた。

「恨むなら、城島を恨め」

井藤は突き刺したナイフを回転させた。傷口が開く。ナイフを引き抜くと、血煙が噴き出した。

賢司はソファーに深くもたれた。身体が痙攣《けいれん》する。やがて、痙攣が止まり、宙を見据えたままずるずるとソファーから崩れ落ちた。

井藤は左手を出した。タジムがおしぼりを持ってくる。井藤は賢司の屍を見やり、ナイフと血にまみれた右手を拭った。

「マシャ。こいつの身ぐるみを剝いで、イラン系の組織のアジト前に捨ててこい。捨てたら、三十分後に所轄へ垂れ込め」

「ＯＫ」

マシャは賢司の両脇を抱え、ボックスの角席から引きずり出した。そのまま裏口へ消えていく。

タジムは汚れたグラスを替えて、新しいグラスにウイスキーを注いだ。井藤がウイスキーを呷る。

「ボス。これから、どうします？」

「まずは女を捜す。女を見つければ、中安《なかやす》の居所がわかる。そうすれば、ヤツが持って逃げたサンダーは、俺たちのモノだ」

「流心会や他の組織は？」

「イラン系組織は、一両日中に叩ける」

「それで、ガキの死体を？」

タジムの言葉に、井藤が頷く。

「流心会のことも任せておけ。アガルマが来たときにすべて、カタをつける。おまえらは、それまでに商売に励んで、資金を作っておけ。動くときが来たら、一気にカタつけるぞ」

「いよいよ、オレたちの天下が来るってわけですね」

「そうだ。しかし、油断はするな。今が、一番大事なところだからな。他の連中にも、飛び跳ねないよう、伝えておけ」

「わかりました」

タジムが強く頷く。

井藤は、厳しい表情で、宙を見据えた。

6

恭介は事情聴取を終え、家に戻った。日も暮れ、夜が濃くなっていく。少しでも疲れた身体を休めようと思うが、眠れない。

賢司の行方《ゆくえ》が気になっていた。しかし、これ以上勝手に動き回り、井藤や岡尻に迷惑をかけるわけにはいかない。

恭介はフィットネスマシンに跨《また》がり、両腕をアームにかけ、バタフライ運動を繰り返した。腕を閉じるたびに二の腕や胸筋が盛り上がる。胸元に汗が流れ落ちる。鉄製のおもりが何度も床を打つ。

恭介は自らを痛めつける勢いで筋トレを続けていた。

固定電話が鳴った。

アームから腕を離し、デスクに駆け寄って受話器をつかんだ。

「もしもし。岡尻か。どうした?」

――言いにくいんだが……。

「賢司が見つかったのか?」

――ああ、遺体でな。

　岡尻が言う。

　恭介は受話器を握り締めた。

――渋谷の外れで見つかった。イラン系の売人の本部近くだ。今、所轄と井藤さんたち本庁の組対部《そたいぶ》が調べている。

「賢司は……どう殺されてたんだ」

――ナイフで喉をひと突き。即死だったようだな。

「そうか……」

――恭介。もう一度言っておくが、おまえのせいじゃない。気にするな。つまらん行動を起こすんじゃないぞ。

「わかってる。迷惑はかけない」

　恭介はそう言い、電話を切った。

　受話器を置くとすぐ、器具にかけていたバスタオルを取って、身体の汗を拭った。バスタオルを放り投げ、服を着込む。ライダースに袖を通した恭介はバイクのキーを取り、跨った。

恭介は渋谷に来た。夜が白んできていた。遊び疲れた若者たちが駅前の広場やデパートのシャッター前などでホームレスと共に寝ている。

恭介はセンター街に入った。路地へ入ると、クラブで騒いでいた若者たちが疲れ切った様子で駅へ向かっていた。

恭介は売人を探した。しかし、宮下公園の件や賢司の件で警察がうろついているせいか、それらしい連中はみな姿を消していた。

恭介は、駅に向かう若者たちに声をかけた。

「売人がいそうなところを知らないか?」

ほとんどの若者は、気味悪がってそそくさと改札を抜けていく。

それでも訊いて回っていると、黒スーツを着た金髪少年が近づいてきた。

「なんだよ、てめえ。ヤク買う金があるんなら、オレらに渡せ」

少年が恭介の胸ぐらをつかむ。少年の仲間が取り囲む。

恭介は少年の胸ぐらをつかみ返した。少年の踵が浮き上がる。怒気を滲ませた恭介の迫力に、少年たちはたじろいだ。

「おまえらと遊んでいる暇はない。知っているなら教えろ」

恭介が鼻を突きつける。

「ク……クラブ・ルートにいるよ」

少年は眉尻を下げ、答えた。

「場所は」

「公園通りの外れ。ホテル街に入る坂道の途中にあるよ」

少年が言う。

恭介は胸元から手を離した。歩き出そうと背を向ける。それを見て、少年がポケットからナイフを取り出した。

「待てよ、こら！」

眦を吊り、身構える。

「俺は気が立っているんだ。殺されたくなかったら、そのまま動くな」

恭介は肩越しに少年を見据えた。

少年はナイフを握ったまま動けない。

恭介は少年たちを置いて、歩きだした。

クラブ・ルートは、宇田川町《うだがわちょう》から円山町へ続く坂の途中の路地を左奥へ入ったビルの地下にあった。

店の前にはあてもなくふらついている若い連中が地べたに座り込んでいた。物陰では下半身を晒《さら》し、抱き合っている男女もいる。

恭介は道を塞《ふさ》いでいる若者をまたいで越え、階段を下りた。

重い扉を開く。薄暗い空間に人がひしめき、トランスミュージックに合わせ、身体を揺らしている。咽《む》せ返りそうな汗やタバコ、酒の臭いが充満している。その中にほんのり甘いマリファナの匂いもあった。

恭介は踊っている連中を押しのけ、奥へと進んだ。

〝STAFF ONLY〟と書かれた黒い扉の前に立つ。ドアノブに手を伸ばすと、後ろから髭面で図体の大きい外国人が現れ、恭介の左肩を握った。後方へ引っ張る。

「ここは、スタッフオンリー。書いてあるだろう」

「ここの人間か?」

恭介は肩越しに男を見やった。

「そうだ。妙な真似をするようなら摘《つま》み出すぞ」

「ここの人間なんだな。なら、ちょうどよかった」

恭介はいきなり男の方を向いた。同時に右拳を懐《ふところ》に叩き込む。

不意打ちを食らった男が目を剥いて前のめった。

男の襟首《えりくび》をつかみ、引っ張る。男がつんのめった。足を掛け、払う。男の巨体がふわりと浮いた。半回転し、ボックスのテーブルに背中から落ちる。テーブルが砕け、男は背を反り返して呻いた。

ブースにいたＤＪの手が止まり、静かになった。客たちの視線が恭介に注がれる。客の隙間《すきま》から、外国人たちが迫ってくる。

恭介はドアを蹴破り、スタッフルームへ入った。

狭い通路に髭面の浅黒い外国人たちが飛び出してきていた。恭介は体勢を低くして、人の群れに突っ込んだ。

外国人たちが一瞬怯んだ。恭介は先頭にいた男の懐に飛び込んだ。男の身体がくの字に折れる。男の腰に腕を回してつかみ、そのまま集団に突っ込んだ。

通路にいた人間たちは避《よ》けたり、弾き飛ばされたりするだけで恭介の進撃を止められない。急襲にあわてふためいている。

恭介は、つかんでいた男の身体を突き飛ばした。浮き上がった男が後方にいた男二人を巻き込み、通路に倒れた。

その先にドアがある。恭介は倒れた男たちを飛び越え、肩からドアにぶち当たった。

ドアが砕ける。恭介は中へ転がり込んだ。素早く立ち上がる。

三人の男に囲まれていた。左右から同時に拳を振るわれる。恭介は左の男の懐に飛び込んだ。低い体勢からアッパーを突き上げる。

拳が顎を砕く。男の身体が仰《の》け反り、壁に激突した。右の男には横蹴りを放った。靴底が鳩尾《みぞおち》を捉える。男は目を剝き、腹を押さえて両膝を落とした。

正面の男が腰元に手をやった。

銃か！

恭介は間合いを詰め、男の腕を握った。頭を振り上げ、頭突きを繰り出そうとする。

「ウェイト！」

奥のデスクに座っていた男が右手を掲《かか》げ、男たちを制止した。

取り巻いていた男たちが左右に割れた。デスクへの道を作る。恭介はつかんでいた男を放し、デスクに鎮座している男を見据えた。

「何者だ？」

男は静かな口調で訊いた。

「賢司という青年を殺した者がおまえらの仲間にいる。おとなしく引き渡せば、これ以上迷惑はかけない」

「ケンジ？　知らないな」

「とぼけるな。賢司はおまえらの仲間に会うと言って、センター街に消えた。その後行方不明になり、遺体で見つかった」

「私は知らない。本当だ。知っている者はいるか？」

男は部下たちを見渡した。すると、白と青のボーダーシャツを着た男が言った。

「ボス。Zから連絡が来たヤツじゃないですか？」

「……ああ、そうだ」

「Z？　なんだ、それは」

恭介が訊く。

「私たちと同じ商売をしているグループらしいが、詳しいことは知らない」

「そいつらが、何と言ってきた？」

「ケンジというヤツが渋谷にいるらしいから、見つけたら連絡をくれと」

「それで？」

「誰か、ケンジというヤツを見つけたか？」

男が部下を見やる。奥にいた白いワイシャツを着た男が言った。

「オマルが見つけたそうです」

「オマルは？」

「それが……連絡がつきません」

白シャツの男が言う。

デスクの男は眉根《まゆね》を寄せた。恭介に目を向ける。

「ケンジが殺られたなら、オマルも殺られているかもしれんな」

「そこまでわかっていて、なぜ動かない？」

「動けるはずがないだろう。渋谷は今、ポリスで一杯だ。こんな時に動けば、私たちの組織まで危うくなる」

「下の者の命より組織の安全か。おまえたちらしいな。Zという組織のヤサは、どこにある？」

「大久保あたりにあるんじゃないかという噂は聞いたことあるが」

男は恭介を見つめた。

恭介も見据える。しばらく男の目を覗き込んでいた恭介はふっと微笑み、視線を落とした。

「悪かったな、暴れて」

「ノープロブレム。あなたも気をつけて」

男が言う。

恭介は背を向け、外へ出た。

恭介の姿が見えなくなる。と、ボーダーシャツを着た男がデスクに詰め寄った。

「ボス！　なぜ、ヤツを殺さない！」

周りの男たちも怒気をあらわにする。

「落ち着け。ヤツの身のこなしを見ただろう。素人じゃない。強引に殺しに行けば、こっちにも犠牲者が出る。何者かが第一本部の前に死体を放っていったせいでポリスに目を付けられている今、ここで事件を起こせば、私たちの行き場がなくなる。それこそ困るだろう。それに、ヤツがケンジという者の復讐《ふくしゅう》でZを潰してくれれば、私たちにとっても得だ。違うか？」

「ではなぜ、Zのアジトを教えてやらなかったんですか？　きちんと教えてやれば、オレたちの疑いも晴れると思いますが」

白シャツの男が訊く。

「私たちがZのアジトを知っているとなれば、ヤツは我々とZの関係も疑うだろう。勘ぐられれば、私たちまでとばっちりを食らう。あの手の男は関わると面倒だ。Zもな。また、ヤツとZがやり合ってくれれば、それでいい。いいか。あの男には二度と関わるな。また、ヤツ以外にZのことを訊いてくる者がいても知らぬ存ぜぬを通せ。わかったな」

デスクの男の言葉に、部下たちは頷いた。

第四章　決別

1

女は黒い髪をなびかせ、必死に逃げていた。

その影を三人の男が追っている。

女はマンションの駐車場に飛び込んだ。わずかな明かりしかない薄暗い駐車場に足音が響く。車の陰に隠れて座り込み、荒くなった呼吸を整える。

ショルダーバッグから二二口径のオートマチックを取り出しスライドを引き、弾丸を装填《そうてん》し、息を潜《ひそ》める。

まもなく複数の足音が聞こえてきた。

「観念して出てこい！」

野太い声が駐車場に響く。

女は頭を起こし、声がしたほうを見やった。黒い影が蠢《うごめ》いている。

「殺しゃしない！」

男は足音を響かせ、わめき続ける。その足音が次第に近づいてくる。

女のこめかみに脂汗《あぶらあせ》が滲《にじ》む。グリップを何度も握り返した。

その時、別のドアが開いた。マンションから直接駐車場に出るドアだった。スーツを着た男がキーホルダーを回し、歩いてくる。

男たちの声が止《や》んだ。

女は履《は》いていた靴を脱いだ。車の陰から住人らしき男の影を追った。その男が通路を挟んで向かいの車の前で止まる。

男が自動ロックを外し、ドアを開けた。女は車の陰から飛び出した。追ってきた男たちの姿が見えた。一人の男が女を見つけ、駆け寄ってくる。

女は、その男に向けて発砲した。

炸裂音に驚き、住人らしき男が車のドア前で振り向き、身を固めた。

女は住人らしき男をグリップで殴りつけた。男が地面に転がる。

電子キーをもぎ取った女は、車の中に飛び込んだ。素早くエンジンをかける。

バックギアを入れ、アクセルを踏み込んだ。タイヤのスキール音と白煙が上がる。

後退した車のリアバンパーが後ろにある車のフロントバンパーとぶつかった。ギアをドライブに入れ、アクセルを踏み込むと同時にハンドルを切る。開けっ放しのドアが遠心力で閉まった。

急発進した車の前に、追ってきた男の一人が飛び出してきた。女は躊躇《ちゅうちょ》なくアクセルを踏んだ。

加速した車が男の身体を撥《は》ね上げた。宙を舞った身体がフロントガラスにぶつかる。ガラスの左側に蜘蛛《くも》の巣状の罅《ひび》が走る。

男は宙で三回転し、アスファルトに叩きつけられた。首が直角に傾き、折れた歯と鮮血が四散する。

女の車は目の前に立ちはだかる二人の男に突っ込んだ。男二人はあわてて飛び退《の》いた。車は男たちの前を抜け、駐車場を去った。

「逃げられたか……」

髭面《ひげづら》の男が歯噛《はが》みする。

撥ねられた男の下へ駆け寄った。屈《かが》み、首筋に手を当てる。男は小さく首を横に振った。

「おい。こんなヤツがいたぞ」

もう一人の男が住人らしき男を連れて出てきた。

髭面の男が立ち上がる。住人らしき男は髭面男の足下《あしもと》に転がされた。轢《ひ》かれて息絶えた男を見やり、双眸《そうぼう》を強《こわ》ばらせる。

「どうする？」

もう一人の男が言う。

髭面男は片膝《かたひざ》をつき、住人らしき男の髪の毛をつかんだ。

「何を見た？」

「何も……」

住人らしき男は必死に首を横に振った。

髭面の男は　住人らしき男の表情をじっと見据えた。住人らしき男の黒目が動揺し、泳ぐ。髭面の男は腰に手を回した。ナイフを握る。住人らしき男の目の端に刃が映った。

「やめ――」

逃げようと頭を起こす。

しかし、髭面男はためらいなく喉笛《のどぶえ》を切り裂いた。鮮血がアスファルトに飛散した。髪の毛を放す。双眸を開いた男は力なくアスファルトに沈んだ。血溜まりがじわりと広がる。

髭面の男は立ち上がり、携帯を取り出した。

「……もしもし、私です。女には逃げられました。すぐにあとを追います。銃を持ってました。それとゴミ処理をお願いします。二つです。場所は新宿小滝町の――」

男は住所を告げると、携帯を切った。

新大久保のたまり場には、井藤《いとう》の他に、タジムとマシャ、ハズーが顔を揃《そろ》えていた。

「うむ……わかった」

タジムが携帯を切った。

「どうした？」

井藤が訊《き》く。

「女に逃げられたそうです」

タジムの言葉を聞き、井藤が舌打ちした。

「一週間もかけて見つけたというのに……」

「女は銃を持っていたようです」

「関係ない。女には中安《なかやす》の居所を吐《は》かせなきゃならないんだ。とにかく殺さず捕まえるよう、徹底しろ」

「はい。それと、またゴミが出たそうです」

「マシャ。何人か連れて、処理してこい」

井藤が言う。

マシャは無言で頷《うなず》き、タジムから住所を記したメモを受け取り、店を出た。

マシャを見送ったタジムは井藤のほうに向き直り、訊いた。

「イラン人組織はどうなりました？」

「ガキの死体にかこつけて一掃するつもりだったが、アジトにしていた渋谷のクラブから姿を消した。街にも見当たらない。ヤツら、ほとぼりを冷ます気だ。ハズー。連中のヤサは見つかったか？」

「いえ、まだ……」

「これだけ探しても見つからないということは、連中しか知らない場所を確保しているということだ。新しいヤサの割り出しには時間がかかるな」

井藤は眉根《まゆね》を寄せた。

「どうします？　計画変更しますか？」

タジムが訊く。

「さて、どうするかな……」

井藤は腕組みをした。

ドアが開いた。タジムとハズーの鋭い視線がドア口に飛ぶ。が、すぐ目元が弛《ゆる》んだ。入ってきたのは、タイへ出かけていたトンチャイだった。タジムは立ち上がり、トンチャイを出迎えた。

「ご苦労だったな」

タジムが右手を差し出す。トンチャイはタジムと握手をし、井藤の脇《わき》に立った。両手を胸元で合わせて一礼し、井藤の隣に座る。

「どうだった？」

「話はつきました。アガルマは部下と共に私と来日しました」

「もう来ているのか？」

「はい。明日の夜、ミーティングしたいと言ってますが」

「どこに泊まっている？」

「西新宿のパークハイアットです」

「部屋は？」

「最上階のスイートです」

「わかった。すぐそっちへ出向くと伝えろ」

井藤が言う。

トンチャイは頷き、席を立って足早に店を出た。

「ホントに来たんですね、将軍は」

タジムが目を丸くした。

「トンチャイの交渉の成果だ。ハズー、武器は揃えてるな？」

「はい」

「よし。おまえは何人か連れて、アガルマがいる部屋が狙える場所で待機していろ。タジムは俺と同行しろ。他の連中はイラン系組織のヤサ探しと女捜しだ」

「OK、ボス」

ハズーは何人かの仲間を連れ、裏口へ消えた。

「それと、ボス。城島《じょうじま》がこの界隈《かいわい》をうろついてるようです」

「目的は？」

「Zのアジトを探しているようです。このへんにいる連中が城島にそう訊かれたと言ってました。中東系の人間を探しているという話も耳にしましたが」

「やはり、おとなしくはしていないか。しかし、いったいどこからZの情報を仕入れたんだ……」

井藤の眉根の縦皺《たてじわ》が濃くなる。

「殺《や》りますか？」

「今、ヤツと事を構えるな。ヤツは組対の岡尻《おかじり》に通じているからな。中東系のメンバーに城島に見つかるなと伝えておけ。見つかっても、シラ切って無視しろと」

「わかりました」

タジムは携帯を取りだした。

「どこまで邪魔する気だ、あのガキが……」

井藤はタバコのフィルターを嚙んだ。

2

初七日を迎えた翌日、恭介《きょうすけ》は都内の寺にある賢司《けんじ》の墓の前に来ていた。墓石の両端に供えられた花がまだ真新しい。

恭介は立ったまま両手を合わせ、目を閉じた。

ふと人気《ひとけ》を感じて、目を開く。気配のしたほうを見ると、永坂綾《ながさかあや》がいた。綾は恭介に頭を下げ、近づいてきた。

綾は桶《おけ》に入れた花を取って屈み、両脇の花立《はなたて》に差し込んだ。線香に火を灯し、香炉《こうろ》に置く。両手を合わせ、深く瞳を閉じる。綾の肩は小さく震えていた。

「君は初七日に来たんじゃないのか?」

綾に声をかける。

綾は賢司の墓石を見つめたまま、口を開いた。

「出席させてもらえなかったんです。お葬式にも初七日にも。賢司の親御さんは、私といたから賢司が悪くなったと思っているみたいで」

「そうか……」

「仕方ないです。クスリはしていないものの、賢司と遊び歩いていたのは事実だし、親御さんにしてみれば、自分の子どもが率先して悪いことをしていたとは思いたくないだろうし。だから、今日なら家族の人はいないだろうと思って、ここへ」

綾が下唇を噛みしめる。大粒の涙がみるみると溢れる。綾は顔を両手で押さえ、声を押し殺し、泣いた。

「すまない。俺が安易に協力させたから、こんなことに……」

恭介は拳を震わせた。

「城島さん……」

綾は恭介を見上げた。

「賢司を殺したのは、誰なんですか」

「君は知らなくていい」

「誰なんですか！」

綾が腫《は》らした目で恭介を見据える。

「聞いてどうするつもりだ」

「私は賢司が好きだった。悪いことしていたかもしれない。けど、嘘とわかっていても、私の前では弱いとこも見せてくれる賢司が好きだった。ちゃんと更生して出て来てくれるのを待つつもりだった。そして今度は嘘のない笑顔で会ってくれると信じてた。そんな彼に会いたかった。こんな形じゃなくて、生きて笑ってる賢司に！　だから、許せない。賢司をこんな目に遭《あ》わせた人たちを許せない！」

綾は胸中を吐露《とろ》した。

恭介は片膝をつき、綾の肩に手を置いた。綾は恭介にしがみついてきた。恭介の胸の中で泣きじゃくった。

恭介はしっかりと綾の肩を抱きしめた。

「君の想いも……賢司の想いも無駄にはしない。だから君は君の日常を大切にするんだ。いいね」

恭介は優しく諭《さと》し、賢司の墓石を見据えた。

事務所に戻ってきた恭介はシャッターの前でバイクを停めた。脇の勝手口から入ろうとする。

と、建物の陰から人影が現れた。恭介は鍵《かぎ》を握り、人影を見た。

「青柳《あおやぎ》……」

恭介のライダースを着てポケットに手を突っ込み、壁にもたれかかっている青柳がいた。

青柳が恭介に近づいてきた。

「もう病院で寝ている必要はないんで、来ました。ケンジってヤツ、殺られたそうですね。岡尻さんに聞きました」

「おまえには関係ない」

ドアの鍵を開け、中へ入ろうとした。青柳があとからついてくる。

恭介はドアの前で振り返った。

「何しに来た」

「手伝いに来たんです」

「帰れ」

「嫌です」

「帰れと言っているんだ」

恭介はいきなり青柳の懐《ふところ》に右拳を叩き込んだ。

青柳が目を剝《む》き、腹を押さえてひざまずく。咳《せ》き込んで胃液を吐く。それでも恭介から視線を外さない。

「帰りませんよ……」

「だったら、もう一度、病院送りにしてやる」

恭介は青柳の髪の毛をつかんだ。右拳を振り上げる。青柳が両腕でとっさに顔面をガードした。

恭介はガードの上から殴りつけた。弾き飛ばされ、尻から路上に落ちる。それでも青柳は立ち上がり、恭介を見据えた。

「ケンジのことはオレも無関係じゃねえ。ヤツのヤサはオレが見つけたんだ。その結果、こんなことになっちまった。オレももう、この件には足を突っ込んでいるんだ。今さら抜けるわけにはいかねえ。病院送りにされようが、何度でも抜け出してここに来ますよ、オレは」

「そうか。なら、望み通りにしてやろう」

恭介は青柳に近づいた。

青柳が両腕を顔の前に立てて背を丸め、亀のように固まる。しかし、恭介はガードの届いていない脇腹にフックを浴びせた。

青柳は身をよじって呻《うめ》いた。恭介はさらにガードの上から、左右のフックとストレートを叩き込んだ。

息つく暇もない連打に青柳は何もできなかった。ガードをすり抜けた拳が鼻頭を砕《くだ》き、顎《あご》を掠《かす》める。しかし、両脚《りようあし》を踏ん張り、立っている。

恭介が左フックを放った。青柳のガードが右側に傾く。その左フックを引っ込めると同時に右足を振り上げた。

青柳の首筋を狙う。が、恭介は足を止めた。

青柳はガードの下から恭介を見据えていた。だが、視線は動かない。

恭介は脚を下ろし、ふっと笑みを浮かべた。

「意地張りやがって……」

恭介は青柳の髪の毛をつかんだ。軽く引き寄せる。青柳の体が力なく前方に倒れてきた。

青柳は立ったまま気を失っていた。

恭介は青柳の腹に肩を入れて持ち上げ、事務所へ入った。


青柳を事務所のソファーに寝かせ、ひと息ついて、恭介は新大久保に出向いた。日も暮れ、大久保通り沿いには飲食店の明かりが瞬《また》いている。

路地にバイクを進め、駅前にあるパチンコ店の裏に回った。バイクを停め、ヘルメットをかぶったまま、裏口から店内へ入り、そのままトイレへ行った。

三つある大便用の個室の右端に人が入っている。恭介は真ん中の個室に入り、ドアを閉めた。

コックを軽く押して、水を流す。その後、壁を三度叩いた。隣室からも同じ合図が聞こえてくる。

恭介はライダースの内ポケットから封筒を取り出し、ティッシュホルダーの裏に差し込んだ。もう一度水を流して、ノックを二回し、個室を出る。

すぐに右端の個室のドアも開いた。中から中国系の男が出てきた。恭介とは目線も合わせず、脇を過ぎ、真ん中の個室へと入っていく。

恭介も右端の個室に入り、ドアを閉めた。ティッシュホルダーの裏をまさぐる。白い封筒が挟まっていた。

恭介はライダースの内ポケットに封筒を入れ、トイレを出た。そのまま店も出る。恭介はバイクに乗り、新大久保の駅前から離れた。

接触したのは中国人の情報屋だ。

Ｚのアジトを突き止めるつもりだった。

恭介は連日新大久保へ出向き、路地裏で外国人を捕まえてはＺのことを訊いて回っていた。しかし、恭介がＺの名を出すと、誰もが口を噤《つぐ》む。まもなく恭介がＺのアジトを探しているという話が広まり、街にたむろしている外国人たちは恭介の顔を見ただけで避けるようになった。

そこで恭介は、馴染みの中国人の情報屋に話を通した。情報料は高いが、恭介が聞き込みできない以上、情報屋に頼らざるを得ない。

彼の話によると、Ｚの話は新大久保界隈ではタブーのようだった。

誰もがZの詳しい実態を知らない。さらに、Zのことを深く探ろうとした者はことごとく行方《ゆくえ》知れずになっているという。いつしか、得体の知れないZの正体を探る者はいなくなった。

情報屋の中国人も、今回はいつにも増して慎重だった。実態がわからない以上、どこでZのメンバーに見られているかもわからない。だからわざわざホールのトイレを使い、接触していた。

恭介は尾行されないように細い路地を抜け、北新宿にある青果市場の脇を通り抜けた。人気のない通りの街灯の下まで走って、バイクを停め、エンジンを切る。

フルフェイスのシールドを上げた恭介は、ライダースから白い封筒を取り出し、中の用紙を広げた。

《Zのアジトはわからないが、タイ系の人間から似顔絵を預かった。同封している。彼らは似顔絵の女を捜しているようだ》

走り書きのような文字だ。

再び封筒の中を覗《のぞ》く。もう一枚、用紙が入っていた。四折りの紙を広げてみる。

女性の顔が鉛筆で描かれていた。切れ長の美形、長い黒髪の女性だ。

「賢司にサンダーを売った女だな……」

恭介は似顔絵を見つめた。

Zがこの女を追っているということは、女が持っているサンダーはそもそもZのものだったということか。もしくは、この女が元々持っているサンダーを狙っているのか……。

恭介は似顔絵と手紙を内ポケットにしまい、バイクのエンジンをかけた。


家に戻ると、青柳が起き出していた。上半身裸でライダースを肩にひっかけ、ソファーに座ってスポーツドリンクを持っている。

恭介はヘルメットをハンドルにひっかけ、歩み寄った。

「起きられたのか？」

「意識はすぐ戻りました。で、城島さんの後を追いかけようと思ったんですけどね。さすがに身体が動かなくて」

苦笑いし、自分の身体に目を向ける。新しい痣《あざ》が身体のあちこちにできていた。

「やっぱ、城島さんのパンチは並じゃないですね」

「当たり前だ」

恭介は笑い、差し向かいのソファーに腰を下ろした。

「まあしかし、立ったまま気を失うとは、おまえの根性も並じゃない」

恭介が言う。

青柳は照れ笑いを浮かべた。

「おまえ、本気でP2になりたいと思っているのか？」

「本気です」

「気を抜けば即、命に関わる事態になる仕事だ。それでもかまわないんだな？」

「覚悟してます」

青柳はまっすぐ恭介を見た。

恭介は青柳の真意を目の色に探った。双眸に迷いはない。

小さく頷き、ライダースの内ポケットから白い封筒を取り出した。青柳の前に放る。

青柳が封筒を取り上げた。

「中身を見ろ」

恭介に言われ、青柳が中の手紙と似顔絵を引っ張り出し、広げた。

「これは？」

「今、俺が調べている案件だ。その〝Z〟という組織が賢司を殺した」

恭介が言う。

青柳の眦《めじり》が強ばった。

「この女がZのメンバーというわけですか？」

「そいつは賢司にサンダーを売りつけた女だ。Zの仲間かどうかはわからない。その女を捜している最中、賢司はZのメンバーに捕まり、殺された。似顔絵を描いた人間はおそらくZのメンバーだろう。今、その似顔絵を元に、Zのメンバーが女を捜索している」

「なるほど。いずれにせよ、この女がキーポイントというわけですね。で、オレは何をすれば？」

「おまえの伝手《つて》を使って、その女を捜してくれ。渋谷に出没したということしかわかってないが、サンダーを横流ししているようだから、新宿や池袋に現れている可能性もある」

「わかりました。さっそく――」

青柳は立ち上がろうとした。が、脇腹を押さえて顔をしかめ、腰を落とした。

「今日は身体を休めろ。まだ無理をする時じゃない。一時の感情や興奮に身を任せて行動するな。P2の鉄則だ」

「P2の訓練もしてくれるんですか？」

「放っとけば、勝手にのたれ死ぬのがオチだ。それなら、俺の下でP2の基本を叩き込んでやる。その代わり、俺の命令は絶対だ。勝手な真似は許さん。いいな？」

「はい。ありがとうございます！」

青柳は頭を下げた。

恭介は頷いた。

「ところでおまえ、何も食ってないだろう？」

「冷蔵庫の中にはビールとスポーツドリンクしかないですからね」

「メシを食いに行くか。食える時に食っておくのも、大事な鉄則だ」

「ゴチになります！」

青柳はソファーの背に腕をかけ、必死に身体を起こした。

恭介は微笑み、席を立った。

3

その日の夜、井藤はタジムを連れて、アガルマの部屋に来ていた。入口にいたアガルマの部下のボディーチェックを受け、中へ入る。

ワンフロアを一室に仕上げたエグゼクティブスイートだった。窓からは超高層ビル群の夜景が一望できる部屋のソファーに、ナイトガウンを着たアガルマが座っていた。背後のカーテンはきっちりと閉められている。

「将軍。わざわざ日本まで来ていただいて光栄です」

井藤は目礼をした。

アガルマはブランデーグラスを右手に持ち、目玉が飛び出しそうなギョロ眼で井藤とタジムを見やった。

「まあ、座りなさい」

アガルマに促《うなが》され、井藤とタジムは差し向かいのソファーに座った。

井藤たちの後ろに、スーツに身を包んだアガルマの部下が二人立った。アガルマの後ろにも二人の部下が立っている。四人とも目つきが鋭く、屈強な身体つきをしている。

膨らんだ胸元には拳銃を隠しているようだった。

井藤は気配を探りながら、アガルマへ目線を向けた。

「まあ、一杯やりなさい」

アガルマが指を鳴らした。アガルマの部下が井藤とタジムの前にグラスを差し出す。

「私は結構です」

タジムが手を上げてみせる。

「どうした？　飲めないのかね？」

「そういうわけではないのですが……」

タジムが周りのアガルマの部下たちを見やる。

アガルマは口角を上げ、井藤を見た。

「まあいい。君はいけるのだろう？」

「いただきます」

井藤が言う。

アガルマの部下は井藤のグラスにブランデーを注いだ。

アガルマはソファーに仰《の》け反《ぞ》って脚《あし》を組んだ。

「私たちの出会いに乾杯だ」

アガルマは流暢《りゅうちょう》な日本語で言い、ブランデーのグラスを掲《かか》げた。

井藤も目の高さにグラスを掲げ、一気に呷る。

「ほう。グランド・シャンパーニュですな」

「わかるかね？」

「少しは。さすがアガルマ将軍。飲む酒も一流だ」

「ブレンドも嫌いではないが、やはり単一の最高級ブドウを使ったもののほうが美味《うま》い。混ぜ物は所詮、混ぜ物でしかないからね」

アガルマは意味深な笑みを滲ませ、ブランデーを飲み干した。部下が井藤とアガルマのグラスにブランデーを注ぐ。

「しかし、トンチャイから話を聞いたときは驚いたよ。まさか、流心会《りゅうしんかい》の下で働いていた君が噂《うわさ》に聞くZのボスだったとは」

「下で働いていたわけではありません。それに彼らのようなボンクラに任せておけば、サンダーは暴落し、旨味《うまみ》がなくなる。だから直接、将軍と話をしたかっただけです。お互いのために」

「お互いのためにか……」

アガルマは目を伏せた。左手の人差し指と中指を立てる。部下が端を切った葉巻を指の間に挟む。アガルマが咥《くわ》えると、部下がすかさず太いマッチに灯した火を差し出した。口の中で煙を燻《くゆ》らせ、ゆっくりと吐き出す。濃厚な甘い香りが部屋に広がる。

ドアベルが鳴った。アガルマの部下がドア口に歩み寄る。

「他に誰か?」

井藤が怪訝《けげん》そうに片眉を上げた。タジムの眼光が鋭くなる。

アガルマは返事をせず、微笑んでいる。

まもなく、後続の人物が姿を見せた。

「アガルマ。よく来たな」

「やあ、ミスター蘆川《あしかわ》」

アガルマが席から立って、両腕を広げる。

入ってきたのは、流心会会長の蘆川だった。羽織袴《はかま》に身を包んだ蘆川はアガルマと抱き合い、アガルマの隣の一人掛けソファーに腰を下ろした。その後ろから加志田《かしだ》も入ってきた。加志田が蘆川の背後に立ち、井藤を睨《にら》み据える。

「こんなところで会うとは思わなかったな、井藤」

蘆川が片頰《かたほお》を上げる。両眼は笑っていない。

「どういうことですか、将軍。今日は俺とあなただけでビジネスの話し合いをするはずでは？」

「二人だけとは言っていない」

アガルマが言う。

「こら、井藤。調子に乗るんじゃねえぞ！」

加志田が声を荒らげる。蘆川は右手を挙げ、加志田を制した。

「よさんか。アガルマのいる席だ」

「すみません」

加志田は頭を下げ、再び井藤を見据えた。

井藤は加志田の視線を無視して、蘆川とアガルマを交互に見やった。

「しかし、アガルマから聞いて耳を疑ったぞ。まさか、俺たちの商売敵の〝Z〟のボスがおまえだったとはな。どうりで、いくら探しても見つからんはずだ。うちの情報はボスに筒抜けだったんだからな」

蘆川の目に怒気が宿る。

「井藤。おまえらのヤサと構成メンバーのリストを出して、解散しろ。そうすれば、命だけは助けてやる」

蘆川が野太い声で言った。

井藤はアガルマを見た。

「どういうことです？」

「そういうことだ。私も蘆川からZの存在を聞いて、憂慮していた。私が流すサンダーの窓口は蘆川だけでいい。なぜかわかるか？　信頼だ。このビジネスにおいて、もっとも必要なものは信頼なんだよ。混ぜ物とビジネスをする気はない」

「ではなぜ、日本へ来たんです？」

「Zをあぶりだして、潰《つぶ》すためだよ。そんなことにも気づかないとは。やはり、混ぜ物はダメだな」

アガルマが鼻で笑った。

井藤たちの背後にいた部下が懐からオートマチックを引き抜いた。井藤とタジムの後頭部に銃口を突きつける。

タジムの表情が強ばった。しかし、井藤は平然としていた。大声で笑い出す。

「何がおかしいんだ、てめえ！」

加志田が怒鳴る。

「混ぜ物、混ぜ物って、うるせえな、アガルマよ」

井藤は将軍を呼び捨てにした。

アガルマが気色《けしき》ばむ。

井藤はブランデーグラスを取った。グラスを傾けて、中に入っていたブランデーを足下にこぼす。垂れ落ちたブランデーが毛の長いカーペットに吸い込まれていく。空になったグラスを右横に放った。壁にぶつかり、グラスが砕ける。井藤は両膝に肘《ひじ》を突いて上体を倒し、蘆川を睨《ね》めた。

「蘆川。こんなところでのんびりしていていいのか？」

「どういうことだ？」

蘆川の眉尻がひくりと揺れる。

「てめえの帰る場所がなくなっちまうぞ」

「なんだと？」

「タジム」

井藤が声をかける。タジムが懐に手を入れようとした。背後にいた部下が銃口を押し当てる。

「あわてるんじゃねえ。さっき、身体検査はしただろうが」

井藤が言うと、アガルマが小さく首を横に振った。

タジムはジャケットの内ポケットに差していたボールペンを取り出し、握った。

「何をするつもりだ？」

蘆川が訊く。

「まあ、待て」

井藤はタジムを見て頷いた。タジムはボールペンの端をカチッと一度だけ押した。アガルマと蘆川がびくりとする。

しかし、何も起こらない。

蘆川もアガルマも拍子抜けしたように顔を見合わせた。そして、笑い出す。

「おい、井藤。もう少しマシなハッタリをかませよ」

「これだから、混ぜ物は――」

二人が大笑いをする。

加志田もニヤニヤしながら、井藤を見ていた。と、加志田の携帯が鳴った。加志田はソファーから離れ、携帯を取り出した。

「もしもし、俺だ。……何！」

突然、加志田の声色が変わった。蘆川とアガルマの笑みが強ばる。

「おやっさん、大変です！　うちの事務所が吹っ飛ばされました！」

「なんだと！」

蘆川が井藤を睨みつける。井藤は口辺を歪《ゆが》めた。

「だから、言ったろ。帰る場所がなくなるとな」

井藤の横でタジムもほくそ笑む。

「アガルマ。さっき、タジムの懐から回収した双眼鏡で外を見てみろ」

井藤が言う。

「おい！」

アガルマが声を張る。部下の一人が双眼鏡を持ち、窓際に走った。カーテンを閉めていない窓から双眼鏡で周りを見渡す。その目が一点で留まった。

「将軍！」

「どうした！」

「ランチャーがこの部屋を狙ってます。それも、数挺《ちょう》！」

部下の声が上擦《うわず》った。

アガルマは頰を引きつらせた。

「正気か、井藤。ランチャーを撃ち込めば、おまえらも死ぬんだぞ」

アガルマが睨む。

「関係ねえ。最初から交渉が決裂したら、てめえらを道連れにするつもりだった。蘆川と加志田っていうおまけはついたがな」

井藤は蘆川と加志田を一瞥《いちべつ》した。蘆川が奥歯を嚙みしめる。

「混ぜ物には混ぜ物の意地もあるんだよ、バカ野郎」

井藤はアガルマを見据え、ニヤリとした。

「どうする、アガルマ。俺と取引をするか。全員で逝《い》っちまうか。今すぐ決めろ」

井藤が迫る。

アガルマのこめかみに脂汗が滲む。蘆川はアガルマの表情を見ていた。井藤もアガルマから視線を逸《そ》らさない。タジムもボールペンを握ったまま、アガルマの様子を見た。

息詰まる沈黙が部屋全体に漂《ただよ》う。

「ふ……ふざけんじゃねえぞ！」

沈黙に堪《た》えきれなくなった加志田が大声で怒鳴り、懐に手を差し込んだ。

アガルマはとっさに井藤の背後にいた部下を見やった。

井藤の後ろにいた部下は後頭部に押し当てていた銃口を持ち上げ、加志田に向けた。

躊躇なく引き金を引く。二発、三発と銃声が轟《とどろ》く。

加志田の頭部が砕け、胸元に穴が開き、腹部から鮮血が噴き出した。弾かれた加志田の手から銃が舞い上がる。加志田の体軀《たいく》は回転し、ガラス窓にぶつかった。顔面から窓に激突した加志田は、血の帯を描き、崩れ落ちた。

蘆川が蒼白になった。アガルマを見やる。

「どういうことだ、アガルマ！」

詰め寄る。

が、アガルマはそっぽを向いていた。

井藤は、自分の後ろにいるアガルマの部下からオートマチックを受け取った。トリガーに指をかけ、右腕をゆっくりと起こす。

リアサイトからフロントサイトを覗く。ぼやけていた蘆川の顔がくっきりと映った。

蘆川は眉尻を下げた。

「ま……待て！　俺と一緒に商売しようじゃないか。今まで一緒にやってきた仲だろう。な、井藤！」

「末端に大事なブツを盗まれるようなヤツと商売をするつもりはない」

井藤は引き金を引いた。

銃声が腹に響いた。飛び出した弾丸が蘆川の眉間《みけん》にめり込んだ。頭骨を砕き、脳みそをかき回して、後頭部から飛び出す。

蘆川の顎が跳ね上がった。弾丸とともに飛び出した血肉が、蘆川の背後のカーペットに飛び散る。

蘆川は宙を見据えたまま、息絶えた。

井藤は息をついて、拳銃を背後にいるアガルマの部下に返した。

アガルマは複雑な笑みを浮かべ、井藤を見やった。

「そんな顔しなさんな。よりよいパートナーと組んだり、商売敵を潰すのはビジネスの鉄則だ。手始めに、将軍が滞在中にこのクソどもが盗まれたサンダーを取り返して、全部売り切って、その全額を差し上げようじゃありませんか」

「本当だな」

「こう見えても嘘は嫌いなタチなんでね。まあ、見ててください。これから先、お互いよきパートナーでいましょう。よろしくお願いしますよ、将軍」

井藤が右手を差し出す。

アガルマは渋々右手を出し、井藤の手を握った。

4

「青柳さんじゃねえっすか」

青柳が旧新宿コマ劇場周辺を歩いていると、客引きをしていた男に声をかけられた。

「……おお、テツか？」

青柳は足を止め、笑顔を向けた。

丸坊主で蝶《ちょう》ネクタイをしている男は、かつての髑髏《どくろ》連《れん》のメンバーだった。

「何やってんだ、おまえ」

「キャバの呼び込みっすよ。髑髏連がなくなって、行くとこがなくなっちまったもんですから。青柳さんは？」

「オレは今、修業中だ」

「何のです?」

「P2になろうと思ってよ」

「P2って。サツのイヌじゃねえっすか!」

テツが目を丸くする。

「オレ、現場にいなかったからわかんねえんですけど、髑髏連潰しやがったのも、P2の野郎でしょう?」

「ああ。今、その人の下で働いてるんだよ」

「なんで!」

テツが声を上げた。

「なぜかなあ。オレにもよくわからねえんだ。ただ、オレもムショに行った須藤《すどう》も、あの人に助けられたことは間違いねえ。オレもオレらみたいな半端者を助けてやれるような仕事をしてみてえと思ってな」

「なんか、信じらんないっすね。髑髏連史上、最凶残虐と言われてた青柳さんとは思えねえ」

「まあ、いつまでも最凶ではいられないってことだ」

そう言って笑う。

「そうだ、テツ。おまえ、この女を見たことねえか？」

青柳はライダースの横ポケットから、似顔絵のコピーを出した。

テツがコピーを広げ、似顔絵に見入る。

「いい女ですね。ですが……たいがい通りには立ってるけど、見たことねえっす。この女、何をやらかしたんすか？」

「サンダーを売ってたらしいんだよ」

「サンダーって。あの激ヤバなヤクですか」

テツの言葉に青柳が頷く。

「この女がねえ……。そうだ。サンダーの話なら、そのへんの事情をよく知ってるヤツを紹介しましょうか？」

「知ってんのか？」

「こんな商売やってりゃ、いやでも知り合いますよ。行きましょう」

「おいおい、仕事中じゃねえのか？」

「いいんですよ。今日みたいな平日のど真ん中はカモもそういませんから。それに青柳さんの話のほうがおもしろそうだし。行きましょう」

テツは青柳の前を歩きだした。

青柳は呆《あき》れ笑いを浮かべ、テツのあとについていった。

恭介は岡尻に呼ばれ、警視庁本庁舎に来ていた。

小会議室で岡尻と向き合っている。長テーブルには宮下公園で死んだ男たちの写真や回収した武器が並んでいた。

「おまえを襲った男が武器に使っていた、このコマンドナイフだがな」

岡尻はビニール袋に入ったサック付きのナイフを持ち上げた。

「インターポールに問い合わせたところ、おまえが言っていたように、中東で使われているものだった。ポピュラーではないが、今でも現役の武器だそうだ」

「やはりな」

「それと、ギプスを巻いた男が隠し持っていた銃はミニウージーを加工したものだった。本体を逆さにして、マガジンは腕を吊っている三角巾に隠していたようだな」

「なるほどな。どうりで、マガジンの膨らみがわからなかったわけだ」

恭介は頷いた。

「死んだ連中の身元はわかったのか？」

岡尻に訊く。

「中東、東南アジア系とは判明したが、氏名や国籍は依然不明だ。おそらく、密入国した不法就労者だろう。今、その線で探っている」

「そうか。それだと身元から連中のバックを探るのは難しいな……」

恭介が腕を組む。

「ところで。おまえのところに青柳が行っただろう？」

「来たよ。俺に殴られても帰ろうとしなかった」

恭介は微笑んだ。

「面倒を見るつもりか？」

「ヤツは本気でP2になりたいようだ。しばらく俺の下で修業させてやってもいいと思っている。その件でちょうど、おまえに訊きたいことがあったんだ」

「何だ？」

「一応、青柳の両親には断っておきたいんだが。連絡先を教えてくれないか」

恭介が言う。

「あいつの両親は中学生の時に事故で亡くなった」

岡尻が目を伏せた。

「一応、親戚はいるんだが、中学校時代から素行が悪かったせいか、あいつが卒業と同時に就職してからは疎遠になっている。今回、入院したことも報《しら》せたんだが、二度と連絡しないでくれと言われたよ。実際、一度も見舞いに来なかったしな」

「そうか……」

「あいつ、髑髏連という居場所を失って、今度はおまえのところに居場所を求めたのかもしれないな」

岡尻が押し黙った。

恭介は、青柳に少しだけ、自分の境遇を重ねた。

恭介の両親も、恭介が小学生の頃、事故に遭って他界した。その後、母方の親戚に引き取られた。青柳とは違い、親戚の伯父も伯母も優しい人だったが、伯父の家には伯父の家庭があり、生活がある。恭介は自分が伯父の家庭に入り込んでいることに、常に違和感を覚えていた。

高校を出た恭介は、そのまま海外へ飛び出した。青柳と同じく、居場所を求めての放浪だった。

そうしてたどり着いたのが傭兵だった。

傭兵仲間には、天涯孤独の者も多くいた。誰も必要以上にすり寄らない。過去も問わない。が、その奥でほんのりと絆のようなものを感じ、繋がっていた。

それが心地よかった。さらに命を危険に晒《さら》すことで、自分が生きている実感を持てた。

青柳もまた、危険に身を置くことで自身を感じ、居場所を探しているのかもしれない。

岡尻が顔を上げた。

「俺から言うことじゃないかもしれんが、青柳が納得いくまで、おまえの近くに置いてやってくれないか？」

「そのつもりだ」

恭介は微笑んだ。

岡尻が頷く。

「俺もおまえに直接訊いておきたいことがあったんだ」

岡尻は改めて恭介を見た。

「おまえ、何を調べている？」

「何とは？」

「とぼけるな。寺嶋《てらしま》賢司の話を聞いて、おまえが動いていることぐらい、俺たちはつかんでいる」

「だったら、わかるだろう。そういうことだ」

「勝手に動くなと言ったはずだ」

「おまえらに迷惑はかけない」

「そういうわけにはいかないんだ。おまえを襲った人間、寺嶋賢司、小滝町公園の寺嶋の仲間たち。とばっちりを食って死んだホームレスを含めて、死亡者は十名に上る。みな、サンダーがらみだ。それとさっき入った情報だが流心会の事務所が爆破された」

「流心会だと！」

「以前から、麻薬と関わりが深いと言われていた組だ。会長の蘆川や若頭の加志田も行方不明になっている。時期が時期だけにサンダーとの関係を疑われている。すでにこの案件は寺嶋賢司だけの問題ではなくなっている。サンダーに関する一連の事案は今、組《そ》対《たい》の中で最重要案件となっている」

「……俺にどうしろと言うんだ」

「調査をやめろと言ったところで、おまえは聞かんだろう。今、おまえが握っている情報を出してくれ。情報料や収集にかかった経費は事件が解決したあとでないと払えないが」

岡尻が恭介を見つめる。

恭介は岡尻を見返した。

「今は話せない」

「どうしてだ」

岡尻は訊いた。恭介は返事をしない。

「やはり、何か握っているんだな。我々と協力して進めることはできんか？」

岡尻が詰め寄る。

恭介は一度顔を伏せ、再び上げて岡尻を見やった。

「今、おまえたちにあからさまに動かれると糸口が切れちまうかもしれないんだ」

「そんなに厄介な相手なのか？　おまえが集めた情報では」

「おそらく。一つだけ教えておくよ。Zという集団が今回の事件に関わっているらしい。俺は今、そのZという組織を追っている」

「どういう組織なんだ？」

「すまん、それ以上はまだ話せない」

「そうか……。わかった。話せるときが来たら話してくれ」

「約束する。それとZの存在はまだ、おまえの胸にしまっておいてくれ。おまえを信じていないわけではないんだが」

「わかってるよ、そのぐらい。いつからの付き合いだと思ってるんだ」

岡尻が微笑む。恭介も笑みを浮かべた。

恭介も青柳同様、子どもの頃に淋《さび》しい思いをした。が、恭介には岡尻のような友人がいた。道を外さないよう、見守っていてくれた友人が。

今度は、俺が青柳にとっての岡尻になる番か。

岡尻を見ながら思う。

「おまえも青柳も、無茶をするなよ」

「俺はともかく青柳に無理はさせない。危険だと判断したら、真っ先におまえに連絡を入れるから保護してやってくれ」

　恭介が言う。

　岡尻は力強く頷いた。


　青柳を連れたテツは繁華街から路地に入った。夜の新宿とは思えないほど薄暗く、人通りも少ない。テツはさらに細い路地へ入り、小汚いビルの前で立ち止まった。明かりのない真っ暗な階段を上っていく。

「どこに行くんだ？」

「ドラッグストアですよ」

　テツが肩越しに言う。

　青柳はテツの背中を見ながら、階段を上がった。

　三階で立ち止まる。ドアは錆《さ》び、塗装が剝《は》がれている。中央にプレートを貼り付けていた痕《あと》がうっすらとあった。

「ここか？」

「そうです。〈ペヨーテ〉という名前の有名なドラッグストアだったんですよ。マジックマッシュルーム時代からの老舗《しにせ》です。脱法ハーブの取り締まりが厳しくなって、いったん閉店したんですが、ほとぼり冷ましてまたここに戻ってきたんです」

テツは玄関脇の呼び鈴を鳴らした。部屋の中から大きいブザー音が聞こえてくる。

やや間があって鍵が開き、ドアが開いた。中から無精髭の痩《や》せた男が顔を出す。

「よお、佐崎《さざき》。今、大丈夫か？」

テツが声をかける。

佐崎という名の男は顎を振り、入るように伝えて奥へ消えた。

「無愛想なヤツだな」

「しゃべりが苦手なんすよ、あいつ」

そう言い、テツが入る。青柳も続いて中へ入った。

ほの暗い照明が施された室内には、香を焚《た》いたようなガラムの匂いが充満していた。

遮光《しゃこう》カーテンで仕切られた店内には、一人だけ客がいた。テツと青柳が入ってきても視線すら向けようとせず、壁際のケースに並んでいるハーブやドラッグを食い入るように見ていた。

「救えねえなあ……」

青柳は呟《つぶや》き、首を横に振った。店の奥へと進む。

テツと共にカウンターの前に行く。カウンター内の椅子に腰を下ろした佐崎が短く訊いてきた。

「今日は、何を？」

テツを見やる。

青柳は背後からテツの肩をつかみ、引き寄せた。耳元に顔を寄せる。

「おまえ、ヤクに手を出してんのか？」

「違いますよ。女口説くのに、たまにハーブとか買ってただけです。ハッパもSも仕入れたことはないですよ」

テツは苦笑し、やんわりと青柳の手を払った。ポケットから女の似顔絵を取り出し、佐崎の前に出す。

「この女、見たことねえか？　バイヤーらしいんだ、サンダーの」

サンダーという言葉を聞き、佐崎の神経質そうな細い眦がひくりと蠢いた。骨張った指を伸ばし、コピーを手に取る。

似顔絵を見つめていた佐崎はぼそりと言った。

「三万」

「えっ？」

青柳が身を乗り出す。テツは右手を挙げて制し、肩越しに青柳を見やった。

「ネタ料っすよ。こいつ、ちゃっかりしてるんで」

そう言い、テツは自分のポケットからしわくちゃの一万円札を三枚出し、カウンターに放った。

佐崎は枚数を確認すると、似顔絵コピーの裏に何やら書き始めた。青柳が手元を覗く。

佐崎は何かを書き終え、コピーをテツに差し出した。

「ジャマして悪かったな」

用紙を受け取り、テツが振り返る。

「行きましょう」

「もう、終わりか?」

「ええ。長居しちゃ、こいつに迷惑かけますから」

テツは青柳の背に手を回し、ドア口へ促した。

二人が外に出ると、すぐさまドアのオートロックがかかった。テツと青柳はそのまま明るい場所まで歩いた。

人がにぎわう通りの手前で立ち止まり、テツが用紙を青柳に渡した。青柳は用紙を返し、裏を見た。小さなミミズの這《は》ったような字で住所が書かれていた。

「これだけか?」

「ヤツは、そのあたりで女を見たか、そのあたりに女がいると言ってるんすよ」

「マジかよ……」

青柳は目を丸くした。

「佐崎の情報なら間違いねえっすよ」

「まあ、おまえがそこまで言うんだから、間違いねえんだろうけどよ。しかし、あっさり教えてくれたもんだな。オレが誰かもわかんねえのに」

「あいつも困ってるんですよ、サンダーには」

「なぜだ？」

「一時期、ヤツのところに行けば、サンダーが手に入るって噂が流れましてね。サツには目をつけられるわ、ヤクザにはいちゃもんつけられるわ。さんざんな時期があったんすよ。一応、そっちの疑いは晴れたんですがね。いまだにサンダーないかと言ってくるヤツもいるらしくて。サンダーなんか消えてなくなれとボヤいてました」

「そうか。なら、納得だ。悪かったな、仕事中に」

「いえ。久しぶりに青柳さんに会えただけでうれしかったです。ところで、青柳さん」

「さっきの三万なら、ちょっと待て。今、手持ちがねえんだ。帰って、うちの大将に頼んで倍返しにしてやるよ」

「いや、そうじゃなくて。オレも青柳さんたちの手伝いをさせてもらえねえっすか？」

「何言ってんだ。今の仕事があるだろ」

「もう、飽き飽きしてんすよ。毎日毎日、カモ引っかけるような生活に。やっぱ、もう一度、髑髏連にいた頃のようにアツい生き方ってえのを――」

話している途中で青柳はテッの肩に左手を置いた。

「おまえ、オレに勝てるか？」

肩を握りしめ、テツを睨み据える。

テツの眦が震える。黒目はおどおどして落ち着かない。

青柳はふっと微笑み、左手の力を弛めた。

「おまえじゃ無理だ。やめとけ」

「でも――」

「死ぬぞ」

青柳が言う。

テツの相貌《そうぼう》が強ばった。

「オレもたいして知ってるわけじゃねえが、今、相手にしている連中はオレですら歯が立たないかもしれねえようなヤバいヤツらだ。もうすでにオレらと同い年ぐらいのヤツが殺られてる」

静かに語る。

テツはますます身を震わせた。

「テツ。髑髏連は終わったんだ。もうオレたちは違う道を歩いていかなきゃいけねえ。てめえの足でな。オレはこういう生き方しかできねえが、おまえはちゃんと働いて食うることができてんじゃねえか。そのほうが立派だ。一時の感情で立派に生きようとしている自分を放り出して、わざわざバカじゃねえとやれねえ道に足を突っ込むことはねえ。髑髏連の想い出とかアツい想いはよ、おまえの胸に大事にしまっとけ。オレも絶対忘れねえから」

「青柳さん……」

「また、金届けついでに会いに来る。それと須藤がシャバに戻ってきたら、三代目髑髏連のOB会でもやろうや」

青柳はテツの肩を軽く叩き、背を向けた。

テツは人混みに消えていく青柳の背中を、淋しげにいつまでも見つめていた。

恭介は、青柳に呼び出され、西葛西《にしかさい》にある総合レクリエーション公園を訪れた。薔薇《ばら》が咲き乱れる様から、通称葛西バラ園と呼ばれている場所だ。秋の薔薇も枯れ、園内の花壇の花々は次の春を待っていた。

「城島さん！」

青柳が手を振った。

恭介はバイクを園内に停めた。エンジンを切り、ヘルメットを取る。

青柳が駆け寄ってきた。恭介はバイクに跨《またが》ったまま、青柳と向き合った。

「女の居場所がわかったというのは、本当か？」

「確定というわけじゃないんですが」

青柳はポケットからコピー用紙を出した。広げて裏に返し、恭介に差し出す。

恭介はバイクのヘッドライトにメモをかざし、文字を読んだ。〝環七沿い、葛西バラ園の入口付近〟と書かれている。

「佐崎っていうドラッグストアのヤツがそう言ってるんです。その世界の情報通だという話なんですけどね」

「一人で動いてないな？」

「ここでずっと待ってました。素人のオレがヘタに動くより、まずは城島さんに訊いてからと思ったんで」

「上出来だ。その佐崎というヤツは、他に何か言ってなかったか？」

「まったくといっていいほど、口を開かないヤツでして。情報はその紙に書かれたそれだけです」

「そうか……」

恭介はメモを見据え、考察した。顔を上げ、周りを見やる。

「こんなところで、ヤクを捌《さば》いていたとは思えんな……」

独りごち、再び思考を巡らせる。

恭介はやおら顔を起こし、左右を見やった。

「どうしたんです？　張り込み場所でも探してるんですか？」

青柳が訊いた。

「いや、そんな時間はない。Ｚの連中は総出でこの女を捜しているからな。聞き込むぞ」

「今からですか？」

周囲を見回した。夜も深まり、人っ子一人いない。

「発見するなら、一分一秒早い方がいい。葛西駅から葛西臨海公園駅《かさいりんかいこうえん》までの間をくまなくあたろう。夜にふらついている連中の方が、何かを知っている可能性が高い。途中、眠くなったら道路端で仮眠を取れ。無理をして体力を削るような真似はするな。長期戦になれば、保《も》たないからな」

「じゃあ、女が見つかるまで、ここら一帯から離れねえんですね」

「一週間は捜してみよう。連絡は三時間ごとに一回。発見した時は互いにすぐ連絡を入れる。おまえは東西線方面からここまで探ってこい。電車がなくなったら、この公園へ戻ってくること」

「わかりました」

青柳が恭介の手から似顔絵コピーをひったくり、駆け出そうとする。

「待て。あと、途中でおにぎり一つでもいいから食え。メシは食えるときに食っとくんだぞ。いいな」

恭介はポケットから裸の一万円札を出し、青柳に渡した。

「それと外国人や極道らしきヤツには、その似顔絵を見せるな。Zとつながってるかもしれないからな」

「そっち系のヤツはニオイでわかるから大丈夫です。じゃあ、終電後に」

青柳は公園を出て、環七沿いの歩道を葛西駅に向け、走り去った。

恭介は青柳を見送り、バイクで葛西駅とは反対の方向にある葛西臨海公園駅へ向かった。

5

流心会事務所が爆破され、丸二日が経っていた。井藤は、朝から警視庁のデータルームに入り浸っていた。

メモ帳を広げ、データを入力する。打ち込んでいるデータは、新宿で女が乗って逃げた車の車種やプレートナンバー、車体番号だった。

「こんなところにいたんですか、井藤さん」

組対部で同じ課の若い刑事がデータルームに入ってきた。

井藤はさりげなく画面を身体で隠し、ディスプレイの電源を落として、開いていたメモ帳を閉じ、振り返った。

「何の用だ？」

「一連のサンダーの事案について捜査会議をするそうです。昨晩、井藤さんにも連絡を入れたんですが」

「携帯は切っていた。留守電も聞いてない」

「一向に姿を見せないので、そうだと思って捜していたんですよ。第三会議室です」

「わかった。調べものが終わったら、すぐ行く」

井藤が言う。若い刑事は会釈して室内から去った。

「ジャマするんじゃねえよ……」

井藤は舌打ちし、再びディスプレイのスイッチを入れた。

画面には車のナンバーが並んでいた。データ枠の上のタイトルには〈盗難車・事故車の照会〉と書かれてある。

井藤は検索枠にプレートナンバーと車体番号を打ち込み、エンターキーを押した。

画面に該当のデータが現れた。当該車両は事故車の扱いになっている。

井藤はデスクに置いたメモ帳を手に取った。

書きなぐったメモとディスプレイを交互に見やり、所有者の氏名や住所、車種、車の状態などを確認していく。

「フロントバンパー、フロントグリルにくぼみ、フロントガラスに蜘蛛の巣状のひび割れ、いずれも左面にあり、人身事故を起こしている模様か。間違いねえな」

井藤がほくそ笑む。

車が発見された場所は葛西臨海公園近くの路上だった。

井藤は車が見つかった住所をメモし、シャットダウンして席を立った。

データルームを出る。井藤は通路窓際に歩み寄り、携帯を出した。タジムの店にかける。呼び出し音が二回鳴り、電話口に相手が出た。

「タジムか。俺だ。女が乗って逃げた車が発見されていた」

——ホントですか！

「読み通りだ。轢き逃げの可能性もある事故車扱いになっている」

——じゃあ、そのあたりに女は？

「おそらくな。必死に逃げ回ってたんだ。よその敷地に車を捨てて、電車や別の車に乗り換えるような余裕はねえだろう。街に散らばってる連中を集めて、今から言う住所近辺を徹底して探れ」

井藤は住所を告げた。

――葛西ですね。わかりました。すぐにメンバーを向かわせます。

「発見したら、すぐさま俺に報せろ。勝手に踏み込むんじゃねえぞ」

――ＯＫ、ボス。

タジムが返事をして、電話を切った。

「さてと。的はずれなバカどもの話を聞きに行くか」

井藤は携帯をポケットに突っ込み、会議室へ向かった。


「ふう……」

青柳は目頭を指で揉《も》んだ。

始発から朝のラッシュが終わるまで、葛西駅改札口が見える柱の横に突っ立っていた。

急ぎ足で改札を潜っていく出勤途中のサラリーマンやＯＬ、学生たちを見ながら、それらしい女を見つけては目で追っていた。

それを丸二日繰り返している。

「そろそろ今日も終わりだな」

青柳は寄りかかっていた柱から背を離した。

朝のラッシュ時の監視を終えたあとは聞き込みで街を回り、夕方のラッシュ前に戻ってきてまた監視するという行動が一つのパターンとなっている。

「今日は、西葛西の近くまで足を延ばしてみるかな」

青柳は歩きだそうとした。が、改札に目をやり、ふと足を止めた。

「なんだ……？」

すごい勢いで浅黒い色をした外国人の集団が下りてきた。十数人はいる。彼らは改札を出たところで何やら打ち合わせ、四散した。

その一人と青柳の目が合う。外国人は大股《おおまた》で近づいてきて、青柳の前に立った。青柳は少し後退し、外国人を見上げた。

「ここの人ですか？」

「あ、ああ……」

青柳は気圧《けお》され、ついそう返事をした。

「この人、知りませんか？」

外国人がポケットから一枚の紙を出した。広げる。

青柳の眦がかすかに上がった。

外国人が持っていた似顔絵のコピーは、青柳が持っているコピーと同じものだった。

「知ってるんですか？」

青柳の顔を覗き込む。

「いや……ずいぶん、美人だなと思ってね」

青柳はそらとぼけた。

「ホントですか！」

「嘘を吐《つ》いてどうすんだよ」

「なら、いいです」

外国人は青柳の前から去り、すぐ通りがかりの人を捕まえて、女のことを訊いた。

青柳は柱の陰に隠れ、携帯を取り出した。耳に携帯を当て、口元を手のひらで隠す。

「――あ、オレです。オレらと同じ似顔絵を持って、女を捜している外国人が現れました。十数人くらいです。はい……はい、わかりました。任せてください。無茶はしませんよ」

青柳は携帯を切った。

柱の陰から顔を出す。似顔絵を持った外国人は環七沿いの歩道を歩きだした。

青柳は距離を取り、男の背中を見据え、尾行を始めた。

「どこにいるんだ、あいつは……」

恭介はバイクを降りた。道路端にバイクを寄せて停め、携帯のＧＰＳを見ながら、住宅街の細い路地を歩いていく。

背後から声がかかった。

「城島さん！」

青柳だった。電柱の陰に隠れ、恭介を手招きする。

恭介は駆け寄り、ビル陰に身を寄せた。

「どいつだ？」

「あいつです」

青柳は目の前を指さした。

二十メートルほど先のマンションの入口に、白いシャツを着て、紺色のスラックスを穿《は》いた浅黒い男が立っていた。携帯で連絡を取っている。

「仲間に連絡しているのか」

恭介が呟いた。

「わかりませんが、中年のおばさんに何かを聞いたあと、急にこのマンションまで走ってきたんですよ」

「なるほど」

恭介は男の様子を注視した。

背後から複数の足音が聞こえてきた。恭介はとっさに電柱に手を当て、青柳の姿を隠し、話し込んでいるふりをした。

「どうしたんですか？」

「仲間が来たらしい」

恭介が言う。

青柳は肩越しに顔を出そうとした。

「顔を晒すな」

小声で制止する。青柳はすぐ首を引っ込めた。

「俺の身体の隙間《すきま》から見える範囲で、何人通り過ぎるか、数えろ」

恭介が言う。

まもなく路地に複数の外国人が現れた。

恭介の後ろを外国人たちが駆け抜ける。恭介たちのほうを見る者もいたが、意に介さず、マンション入口へと走っていった。

「何人いた？」

「八人です」

「マンション前のヤツを含めて九人か」

「あいつら、どうしたんですか？」

「おそらく女を見つけたんだろうな。なぜあいつらが、葛西へ集中したのかはわからんが」

「どうします？」

「このままでは女が殺されるかもしれん。サンダーのことを知っている大事な証人だからな。放ってはおけないだろう」

「連中にぶちかますんですね？」

青柳が鼻息を荒くした。

「おまえは、ここで見張ってろ」

「オレも行きますよ」

「おまえの腕では連中に殺られる。それに一人だから不利ということはない。大人数を相手にする時、重要なのは腕じゃない。ここだ」

恭介は側頭を人差し指で突いた。

また足音がした。恭介は青柳の姿を隠し、自分も顔を伏せ、足音の主をやり過ごした。

「何人いた？」

「五人です」

「十四人か……」

恭介は目の端で、外国人たちの様子を盗み見た。

集まった男たちの真ん中で緑色のポロシャツを着た男が何やら指示をしていた。二、三人が固まり、散らばっていく。

「作戦変更だ。手伝え」

「望むところです！」

青柳が拳を握る。

「一気に潰すぞ」

「殴り込みですか？」

「二人で十四人をまともに相手して、勝てるわけがないだろう。ドラマじゃないんだ。いいか。俺の言う通りにしろ」

恭介は青柳に顔を寄せ、小声で話しだした。

青柳が怪訝そうな顔で、恭介を見やる。

「……そんな作戦で、あの人数を潰せるんですか？」

「まあ、言う通り動いてみろ。五分後にはやつらも全滅だ」

恭介は片頰に笑みを浮かべ、一人、マンションへ駆け寄った。

青柳は携帯を握りしめて小鼻を膨らませ、マンション前の外国人たちの様子を凝視した。

恭介はエレベーター脇の階段を上がった。三階の踊り場に出る。壁の隅《すみ》に置かれた消火器を手に持ち、青柳からの連絡を待った。

まもなく、バイブレーターにしていた携帯が震えた。恭介は携帯を取り、繋いだ。

――連中、エレベーターに乗りました。

「何人だ？」

――五人です。残り九人は外に散らばっています。

「階は？」

――男の一人が三〇三の郵便受けを確認してました。

「わかった。そのまま携帯を繋いで、一階のエントランスで待っていろ」

恭介は通話状態のまま携帯をポケットに入れ、三階のエントランスに出た。エレベーター前で消火器のストッパーを外し、ノズルを構える。

エレベーターのドアが開いた。

瞬間、恭介はレバーを握った。消火剤が噴き出す。箱の中がたちまち白くなった。

男たちが咳き込みながら、ぞろぞろと出てくる。

恭介は、視界を失った男たちを消火器で片っ端から殴り飛ばした。

一人は側頭部を弾かれ、壁に激突した。もう一人は後頭部に食らい、足下に沈む。

恭介は目を細め、エレベーター内に飛び込んだ。

突然現れた恭介に気づき、男たちが身構えようとした。それより早く、恭介は男の顔面に消火器の底を叩きつけた。鼻っ柱が砕け、エレベーターの壁に背を打ちつけて、ずるずると頽《くずお》れる。

恭介は消火器を振り、背後にいた男の横っ面を殴りつけた。頬骨《ほおぼね》が陥没し、折れた歯が鮮血と共に飛散する。恭介は男の懐に強烈な蹴りを見舞った。男は身体をくの字に折り、目を剝いて胃液を吐き出し、その場に突っ伏した。

「誰だ！」

残っていた一人の男が、薄目を開け、恭介を見据えた。恭介は噴煙に身を沈めた。男が周りを見る。恭介はすかさず男の後ろに回り込んだ。ノズルホースを男の首に巻き付け、絞《し》め上げる。

男は目を白黒させて呻き、喉をかきむしった。

恭介はノズルホースを握る手に力を込めた。

男の双眸が開いた。白目を剝き、口から泡を吐き出す。ノズルホースを解くと、男は膝から崩れ落ちた。

恭介はエレベーターを出た。

五人全員、その場に伏していた。

恭介は倒れた男を一人引きずり、エレベーターのドアに引っかけた。身体がセーフテイーバーに引っかかり、何度も閉まりかけては戻っていく。エレベーターは使えない状態となった。

ひと息吐き、携帯を出す。

「こっちは終わったぞ」

――三分も経ってないじゃないですか！

「そんなもんだ。予定通り、そこで騒いで、例のモノを仕入れてこい」

――わかりました。

青柳は、携帯をつないだまま叫んだ。

――ぎゃあああああっ！

青柳の絶叫を聞いてほくそ笑み、携帯を切り、ポケットにしまった。

非常階段のドア脇の壁に背をもたせかけ、相手を待つ。

まもなく、複数の足音が階段を駆け上ってきた。恭介は足下に消火器を置き、右拳を軽く握った。

ドアの前で足音が止まる。ノブが動き、勢いよくドアが開く。恭介は現れた顔面に右フックを放った。

不意打ちを食らった男が後方に飛んだ。

恭介は消火器を取り、階段に躍り出た。殴られ飛んだ男は仲間二人をなぎ倒し、仰向けに倒れていた。

その後ろから男たちが上がってくる。恭介は消火器を振り、左斜め下にいた男を殴りつけた。手すりを乗り越えた男が階下へ落下する。正面の男に前蹴りを放った。男の身体が浮き上がり、仲間を道連れに階段を転げ落ちていく。

一人の男がナイフを出した。恭介はすかさず男の手首を消火器の角で殴った。男の手からナイフがこぼれた。

恭介は消火器を振り上げた。硬い底が男の顎にめり込んだ。男の身体が反り上がった。宙で反転し、胸元から階段に叩きつけられる。男の身体は階段を跳《は》ね、踊り場に伏せた。口元から流れ出る血が血溜まりを作る。

「あと、二匹か」

恭介は手すりから階下を覗いた。二人の外国人が足を止めていた。

一人が突然、逃げようとした。

恭介はそいつに向け、消火器を投げた。消火器の底が逃げる男の後頭部に直撃する。前のめった男は階段から転げ落ち、首をねじって気を失った。

恭介は階段を駆け下り、残った一人ににじり寄った。男が後退《あとずさ》る。しかしすぐ、背中が壁に当たった。

恭介は踊り場に出て、男と対峙《たいじ》した。静かに見据える。男は恭介に気圧され、息が荒くなっていた。

重圧に耐えられなくなった男が殴りかかってきた。右拳が伸びてくる。恭介は左斜め下にダッキングして、パンチをかわした。同時に左フックを男の脇腹に叩き込む。

男は相貌を歪め、身を捩《よじ》った。

「ゆっくり寝てろ」

恭介は右フックを振り下ろした。

拳が男のこめかみに食い込んだ。前のめった男が顔面からフロアに叩きつけられる。鼻骨と前歯が折れ、紅血が四散した。男は突き上げた尻を痙攣《けいれん》させ、気を失った。

「ふう」

恭介は大きく息をついた。額に滲んだ汗を手の甲で拭《ぬぐ》う。

青柳が上がってきた。コンビニのビニール袋を抱えている。青柳は階段の有様を見て、目を丸くした。

「これ、一人でやったんですか?」

「他に誰がいるんだ」

「すげえ……」

青柳は感嘆の息を漏《も》らした。

「例のモノは?」

「ガムテープと麻紐《あさひも》。ありったけ買ってきました。言われた通り、麻紐は濡らしてきました」

青柳がビニール袋を差し出す。恭介は麻紐を取り出した。

「いいか、よく見てろ。こいつら全員、こうやって縛るんだ」

恭介は気絶した男の上体を起こした。両腕を後ろに回す。

「こんな細い紐で大丈夫なんですか？」

「濡れた麻紐はヘタなワイヤーより強度があるんだ。おまえ、パクられたことがあるだろう」

「ええ、何度か」

「そのとき、手錠の他に紐を巻かれただろう。あれが麻紐だ」

「そうだったんですか」

「手錠がないときは紐だけでも拘束できる。そのくらいの優れた代物だ。縛り方をよく見ていろ」

恭介は結び始めた。

背に回した両手首を八の字に結ぶ。その紐の先を腰に巻き付け、後ろに回った紐を背後から首に引っかける。そして、戻した紐の先で両親指の付け根を縛った。

「なんで、親指を？」

「親指の自由が利《き》かないと手指の動きは制限される。自力で外すのは、まず不可能だ」

恭介は親指と手首に巻いた麻紐の中央をぐるぐるに巻いて固め、しっかりと固結びをして、余った紐を切った。

最後に足首と口元にガムテープを巻き付ける。

「全員をこうやって縛れ。これで連中は動けない。しっかり縛れよ。目を覚ましたら、殴りつけて伸《の》してもかまわん」

「わかりました」

青柳は麻紐を出し、作業を始めた。


エレベーターの中で倒れていた男が一人、目を覚ました。朦朧《もうろう》とする頭を振り、床に伏せたまま、ポケットから携帯を取り出した。

「……もしもし。葛西からです。いきなり何者かが来て、女を捕まえる前にやられました。黒いライダースを着てました。ガキもいました。他の仲間がどうなったのかはわかりません。応援を……」

「てめえ、何やってんだ」

青柳が男を睨み据えた。

男は握っていた携帯を壁に叩きつけた。携帯が砕け散る。

男は青柳を見上げ、うっすらと笑みを浮かべた。

「何笑ってんだ、こら」

青柳は男の顔面を蹴飛ばした。男の首が折れ、再び気を失って床に沈む。

そこに恭介がやってきた。

「どうした？」

「こいつが、どっかに連絡してたみたいなんですよ。そのあと薄気味悪い顔で笑ったんで、蹴飛ばしてやったんですけどね」

「携帯は？」

恭介が訊く。

青柳は破片に目を向けた。

恭介は壊れた携帯を取り上げた。裏を開き、記録メディアを見てみる。

「壊れてないな」

恭介は自分の携帯を取り出した。

「倒れている連中を縛ってろ」

青柳に言い、岡尻に連絡を入れた。

「……岡尻か。俺だ。葛西のマンションでZに関係していると思われる連中を捕まえた。

全部で十四人だ。所轄を回してくれ。それとZに通ずる情報が手に入るかもしれない、携帯の記録メディアを手に入れた。青柳に持っていかせるから、至急解析してくれ」

そう言い、電話を切る。

「青柳」

「はい」

青柳が顔を上げた。

「この壊れた携帯を持って、岡尻のところへ行ってくれ」

「でも、こいつらがまだ」

「こっちは俺一人で充分だ。他は所轄に頼んだ。急いで行け。重要な手がかりなんだ、これは。しっかり頼むぞ」

青柳に壊れた携帯を差し出す。

青柳は口を一文字に結んで頷き、階段を駆け下りた。

6

井藤や幹部たちは新大久保の店に集まっていた。タジムが受話器を握り、葛西のマンションからかかってきた仲間の話を聞いていた。

が、タジムは顔をしかめ、受話器を耳元から離した。

「どうした？」

井藤が訊く。

「突然、激しいノイズが入って切れたんです」

タジムが受話器を持ったまま、肩を竦《すく》めてみせた。

「何と言っていた？」

「城島と思われるヤツとガキに襲われたそうです。応援を求めてきたんですが、途中で切れてしまいました」

タジムが言う。

井藤が腕組みして、うつむいた。目を閉じる。

タジムは、井藤の脇に座っているマシャの隣に腰を下ろした。井藤の左にはハズーとトンチャイが座っている。

「バレるな……」

井藤は顔を上げた。

「バレるとは？」

隣にいたハズーが訊く。

「激しいノイズは、おそらく携帯を壊したからだろう。壊したということは、城島かガキ、ガキはおそらく青柳だと思うが、どちらかにしゃべっている最中に見つかったということだ。携帯は取られただろうな。城島ならその携帯を解析に回す」

「ここもバレるということですか？」

トンチャイが訊く。井藤は頷いた。

「ここだけじゃなく、俺のこともバレるだろう」

「早く携帯を取り戻さなければ」

タジムが腰を浮かせた。

井藤は右手のひらを上げ、制した。

「まあ待て。携帯のデータは渡してもかまわん」

「しかし、それでは――」

「心配するな。これから手を打つ」

井藤はハズーを見た。

「ハズー。おまえは葛西中央署の前に行け。捕まった連中はまず、そこに護送されるはずだ」

「救出ですね」

ハズーが笑みを滲ませる。

「いや……全員を始末しろ。護送車ごと爆破するんだ」

井藤が言う。

店内にいた仲間たちがざわついた。

井藤はテーブルに置いた箱を取り、タバコを咥えた。火を点《つ》け、咥えたまま深くうつむく。煙が輪郭を辿《たど》り、ゆらゆらと立ち上る。

「仲間を死なせたくはない。しかし、誰か一人が口を割れば、我々Zは壊滅する。信じていないわけではないが、俺は警察内部の人間だ。連中に口を割らせる方法もよく知っている。みんながみんな、耐えられるとは思えない。非情だが、これも大義を果たすため」

井藤が顔を上げた。双眸からぼろりと涙がこぼれた。

それを見て、仲間は押し黙った。

「すべてはZの世界を創るため。彼らは創世に尽力した殉教者だ。我々が天下を取った時には手厚く葬ってやろう」

一同を見回す。

誰もが苦渋の面持ちで頷いた。

井藤は手の甲で涙を拭い、ハズーに目を向けた。

「ハズー。女がいるマンション三階の部屋も吹き飛ばせ。一般人を何人巻き込んでもかまわん」

「わかりました」

ハズーは仲間を連れ、裏口へ走った。

「マシャ。おまえは城島の事務所前で待機していろ。城島と青柳が中へ入ったら、事務所ごと吹っ飛ばせ。城島はバイクに乗って戻ってくるはずだ」

「OK、ボス」

マシャも立ち上がる。

「トンチャイ。おまえは俺と背恰好のよく似た男を探して、連れてこい。ホームレスがいい」

「わかりました」

「タジム。俺のスーツを買ってきてくれ」

タジムが頷く。

トンチャイとタジム、マシャは、三人で表玄関から出ていった。他の仲間もそれぞれの幹部に付き従い、店を出た。

井藤は一人になった。

「どこの国の人間にも、お涙頂戴は通じるんだな」

タバコを摘《つま》んで、漂う煙に目を被《かぶ》せた。目を瞬かせると涙がぼろぼろと溢れた。

井藤はポケットから警察の身分証を取り出した。開いて、自分の肩書と写真を見つめる。

「お別れだな、井藤警部補。ご苦労さん」

眦に笑みを浮かべ、自分の顔写真にタバコの火玉を押しつけた。

第五章　暴挙の果て

1

葛西《かさい》のマンション前にはパトカー数台と護送車一台が停まっていた。騒ぎを聞きつけ、近隣住民や通行人たちが集まり、人垣を作っている。恭介《きょうすけ》が縛り上げた外国人たちは、野次馬の視線が降り注ぐ中、次々と護送車に乗せられていく。マスコミ関係者のフラッシュが瞬《また》き、外国人たちの姿を照らした。

恭介は三階のエレベーターホール前にいた。隣には葛西中央署の刑事部第一課長・箕《みの》浦《うら》警部がいる。白髪交じりの頭をバックに整えた壮年の紳士だ。

制服警官がエレベーターの中で倒れている外国人を運び出していく。

「こいつらで最後だな？」

箕浦が訊《き》いた。

「はい」

「にしても、たいしたもんだ。十数人もの相手をねじ伏せてしまうんだから」

「たまたまですよ」

　箕浦が笑う。

「たまたまで倒せる人数じゃない。謙遜《けんそん》も時には嫌味だぞ」

「こいつらはいったん所轄に連行する。そのあと本庁の岡尻《おかじり》に渡せばいいんだな？」

「そうしてください。岡尻には連絡を入れておきましたから」

「こいつら、何者なんだ？」

「それは岡尻から聞いてください」

「所轄には下りてこないというわけか」

「すみません。今はまだ話せないんで」

「謝ることはない。本庁がらみの事案はいつもこうだから慣れているよ。頼まれていた三〇三号室の鍵《かぎ》だ」

　箕浦はポケットからシリンダー錠の鍵を出し、恭介に手渡した。

「管理人には話を通してある。人がいなくても、ガサ入れしていいぞ」

「ありがとうございます」

　頭を下げ、鍵を受け取る。

「俺たちはこれで引き揚げるが、他に何かあるか？」

「警官を数名残して、マンションの周りを固めておいてもらいたいんですが」

「三〇三の関係か？」

「はい」

「わかった。おい」

箕浦は近くにいる制服警官を呼んだ。警官が箕浦の下へ駆け寄ってきて、直立する。

「おまえの班はここへ残って、マンションの周りを固めろ」

箕浦が命じると、制服警官は階段を駆け下りていった。

「迷惑かけます」

「迷惑をかけているのは犯罪者だ。気にするな。そうそう。俺は、P2なんてのはただ警察ごっこをしている使えないヤツばかりだと思っていたが、おまえは違うみたいだな。今度何かあれば、協力してもらうよ」

「いつでも言ってください。格安で引き受けますから」

「金は取るか。ちゃっかりしてるな」

箕浦は白い歯をこぼした。

「よし、みな引き揚げるぞ！」

箕浦はエレベーターに乗り込んだ。

「では、あとは頼んだぞ」

そう言い残し、ドアを閉じる。三階フロアは急に静かになった。

恭介は息をついて、エレベーターに背を向けた。通路の奥を見やる。

「さて、女の面を拝みに行くか」

恭介は三〇三号室に向け、歩き出した。


「あんた。警官たちは去っていったよ」

窓越しにマンション前の路上の様子を覗《のぞ》いていた女が、そう言ってカーテンを閉じた。

黒い髪の端を撥《は》ね上げ、リビングに戻ってくる。ソファーに寄りかかってオートマチックを握りしめていた男は小さく息を吐《は》き、テーブルに銃を置いた。

「何だったんだろうね。捕まったのは外国人ばかりだったよ」

「知るか、そんなこと！」

男は怒鳴り、ボトルごとウイスキーを呷《あお》った。口辺からウイスキーをこぼす。手の甲で口を拭《ぬぐ》い、空になった瓶を放った。

「酒を出せ」

「もう飲まない方がいいよ。いざって時に動けない」

「うるせえ、出せ！」

「出さないよ」

「出せってんだ、このアマ！　だいたい、てめえがつまんねえガキにブツを捌《さば》いたり、捌いてる途中で妙な連中に見つかるから、こんなことになってんだろうが！」

「何でもかんでも、あたしのせいにしないでよ！　あんたは何もしてないじゃない！　あたしがどんな気でサンダーを捌いているのか知ってんのかい！　いつ流心会《りゅうしんかい》の連中に見つかるかとビクビクしながら、それでも金がいるから捌いてんだ。そんなに言うんだったら、あんたが捌いてきな！」

「なんだと！」

男が銃を取ろうとした。

が、男の指が届こうとした瞬間、銃が何かに弾かれ、テーブルから飛んだ。

男と女は、突然弾け飛んだ銃を目で追った。

二人の間を影が横切った。テーブルを飛び越えた影はすばやく銃を拾い、フロアに腰を下ろした。

恭介だった。

恭介は男に銃口を向けた。銃の脇に落ちていた鍵の束《たば》を拾い、ポケットにしまう。

「な……なんだ、てめえ！」

男が喚《わめ》いた。女の双眸《そうぼう》が引きつる。

「びびっているわりには不用心だな。チェーンぐらいかけておけ」

「てめえ、殺し屋だな！」

男は手を伸ばし、ウイスキーのボトルを取った。振り上げる。

恭介はボトルに向け、躊躇《ちゅうちょ》なくトリガーを引いた。銃口が爆《は》ぜる。弾がボトルを撃ち砕く。ガラス片とウイスキーを頭から浴びた男は蒼白になり、腕を振り上げたまま固まった。

「落ち着け。殺し屋なら、今の弾丸がおまえの眉間《みけん》を射貫いている」

恭介は静かに言った。

銃口を振る。男は手にしていた割れた瓶を部屋の隅《すみ》に放った。恭介は銃口で指示し、男女をソファーに座らせた。男を見据える。

「おまえら、名前は？」

「俺は……中安《なかやす》。こいつは香奈子《かなこ》だ」

中安が隣の女性を親指でさした。

「よく聞け、中安。俺は彼女、香奈子さんに会いに来ただけだ」

恭介は香奈子を見た。

ポケットから似顔絵を出し、テーブルに放る。中安と香奈子はその似顔絵を覗き込み、双眸を開いた。

「これは、あたし……」

香奈子が似顔絵を手に取る。

「ここにいたのなら、連行されていった外国人たちを見ただろう。あいつらがこれを持って、彼女を捜していた」

「あいつらが……？　じゃあ、あいつらは流心会が雇ったヤツらなのか？」

「違う。おそらくＺだ」

恭介が言う。

Ｚの名を出した途端、中安は色を失った。

「どうやら、おまえは知っているようだな」

恭介が見据える。

中安の黒目が泳ぐ。落ち着かない様子で指を絡《から》め、手を揉《も》む。

「Ｚって、何なの？」

香奈子が中安に訊いた。

「わからねえ……」

「わからないって」

「わからねえもんは、わからねえんだよ！　ただ、連中のやり口は知ってる。Ｚに関わったヤツらはみな消えちまうんだ。殺《や》られちまってるんだ！」

中安が頭を抱えた。全身が小刻みに震える。

「サンダーはZから仕入れたんじゃなかったのか？」

恭介は銃口を下ろした。

中安はうつむいたまま何も答えない。と、香奈子が口を開いた。

「流心会からパクったんだよ」

「流心会から？」

「そう。中安は流心会の構成員だったんだよ。けど、若頭の加志田《かしだ》と揉めたんで、サンダーをパクって逃げたんだ」

「流心会がサンダーを扱っていたのか」

恭介が訊く。

中安が顔を上げた。

「蘆川《あしかわ》会長はアガルマと仲良くてな。アガルマって知ってるか？　旧三角地帯でヤクを仕切っているボスの一人だ。アガルマの組織がサンダーを作り、流心会に独占で流しているんだよ」

「独占で？　Zにも流しているんじゃないのか？」

「そんなわけねえだろ。俺らはサンダーに手を出そうとしてるZの正体をつかんで、潰《つぶ》そうとしてたんだから。だが、なぜか知らないけど、どうしても正体が割れなかったたんだよ。現職まで使ってるのに」

「現職？」

「現役のデカだよ。それも麻薬専門のな」

「何てヤツだ？」

「組対《そたい》の井藤《いとう》って警部補だ」

「井藤だと！」

恭介の眉間に皺《しわ》が立つ。

「ヤツだったのか……」

「何がだよ」

「Zを操っているのは、井藤だ」

「そんなわけねえ！　あいつは会長の命令でZを探って――」

「見つかっていないだろ？」

恭介が言う。

中安は言葉を呑んだ。

「ヤツは俺に賢司《けんじ》を捜せと依頼してきた。賢司というのは、彼女がサンダーを売った少年だ。新宿の小滝町公園での事件は知っているだろ？」

香奈子を見る。

香奈子はバツが悪そうに目を伏せた。

「ヤツは、正体不明の組織から賢司を保護するため捜していると言った。しかし、本当はおまえらを捜すために賢司を捕まえようとしていたんだ。おかしいとは思っていた。本庁舎の会議室ではなく、わざわざ自分の情報屋の店で仕事の話をするあたり。だから俺は、少し裏を確かめようと賢司に協力させ、君を捜そうとした」

香奈子を一瞥《いちべつ》する。

「だが、賢司は連中に捕まった。で、その似顔絵を作らされた後、殺された」

恭介の言葉に、香奈子が拳をきゅっと握った。

「俺たちを捜しているのは、流心会じゃねえのか？」

「普通に考えればそうだが。知らないのか？」

「何をだ」

「流心会事務所は爆破された」

「爆破だって！」

中安が声を上げた。香奈子も顔を上げる。

「蘆川も加志田も行方《ゆくえ》しれずだ。おそらく、もう生きてはいないだろう」

「会長や加志田まで……」

中安は声を詰まらせる。

「中安。どうする？」

「どうするって……」

「Zは再びおまえらを狙ってくるぞ」

「あんなに逮捕されたのにか？」

「連中は下っ端だ。ここへ踏み込む前、どこかに連絡を取っていた。このままここにいれば、遠くないうちに殺られるだろう」

「どうすりゃいいんだよ……」

「警察へ行け」

「警察だって！　てめえ、俺の話を聞いてたのか！　サツには井藤がいるって言っただろうが！」

「井藤のことは俺が組対のトップに伝える。心配するな。そいつは腐っちゃいない。その上でおまえらを保護してもらう。罪には問われるが、それが一番安全だ」

「信用できるか！　俺は逃げ切るぜ！」

「俺にあっさり踏み込まれるようなヤツが逃げ切れると思ってるのか！」

恭介は恫喝《どうかつ》した。

中安と香奈子がびくりと双肩を弾ませる。

「信用しようがしまいが、おまえらが助かる道はそれしかない。これ以上あがけば、彼女まで道連れにすることになるぞ」

そう言って、香奈子を見やる。

「女を道連れにするなど最低だ。おまえもいっぱしの極道なら肚《はら》決めるところは決めろ」

恭介が語気を強める。

中安は香奈子を見た。目を伏せ、奥歯を嚙《か》みしめる。

「……わかったよ」

「それでいい」

恭介は微笑み、頷《うなず》いた。

「下に所轄の警官が待機している。すぐ、そのパトカーで本庁へ——」

「待ってくれよ。そいつらは信用できねえ」

「心配するな。今は、ここにいるほうが危険だ」

「ダメだ。誰に井藤の息がかかってるかわからねえ。おまえが運転するなら、パトに乗ってやる」

「無茶言うな」

「だったら、行かねえ！　命を預ける以上、俺の納得いくようにしてえんだ」

「おまえな……」

恭介は深く息をつき、立ち上がった。

「わかった。待ってろ。警官に話をつけて来るから」

そう言い、部屋を出る。

恭介の姿が見えなくなると、香奈子は中安に顔を寄せた。

「あんた。マジで警察へ行くつもり?」

「行くわけねえだろ。途中でヤツを殺って、パトカー奪って逃げるんだ。流心会がなくなっちまったなら怖《こえ》えもんはねえ」

「Zはどうするの」

「井藤が関わってるなら、ヤツを呼び出しゃいい。サンダーとの取引ならヤツも出てくるだろう。ヤツが頭なら、殺せばそれで事は片づく。Zの仲間ならヤツの口を割らせて、ボスを特定すればいい。いずれにせよ、井藤が関わってるなら欲しいのはサンダーだ。ヤツはサンダーの旨味《うまみ》を知ってるからな。これさえありゃあ、ヤツも俺たちに手出しはできねえよ」

中安は小さなセカンドバッグを叩き、ほくそ笑んだ。

その時だった。

部屋が閃光《せんこう》に包まれた。

恭介は路上で制服警官と話していた。

「——というわけで、パトカーを借りたいんだが」

「……わかりました。箕浦課長に許可を申請しますので、少々お待ちを」

「ありがとう」

恭介はパトカーへ戻る制服警官を見つめ、ひと息吐《つ》いた。

その時、空気を裂《さ》く音が聞こえた。空を見上げる。瞬間、凄《すさ》まじい閃光と共に足下《あしもと》が鳴動した。

恭介はとっさに身を竦《すく》めた。頭上から火の粉や瓦礫《がれき》が降り注ぐ。

恭介たちは素早くマンション前から離れた。路地の端まで走りマンションを見上げる。

マンションの三階から炎が上がっていた。ベランダは原形を留《とど》めず、四散した破片が周囲の民家の屋根を砕《くだ》いている。吹き飛んだ窓枠が隣のマンションの壁に突き刺さっていた。

再び、空気を裂く音が聞こえ、爆発が起こった。

燃え上がる瓦礫がパトカーの赤色灯を砕く。

「こちら、葛西のマンション前！　三〇三号室付近で、爆発あり。繰り返す。三〇三号室付近で爆発あり！」

道路端に身を寄せた制服警官が、無線機にがなり立てていた。

「くそう……いったい誰が……」

恭介は周りを見渡した。

ワンブロック先のマンションの屋上に不自然な輝きを認めた。

「あそこか！」

恭介は路上に停めていたハーレーに跨《また》がった。


同じ頃、箕浦がパトカー内で無線連絡を受けていた。

——三〇三号室付近で、爆発あり！

警官の緊迫した声が車内に響く。

箕浦が無線機を取った。

「何が起こった！」

——爆発です！　突然、三階付近で爆発が起こりました。三階から上が吹き飛んでます。

「おい、引き返せ！」

箕浦は運転手に命令した。

パトカーが急停車した。助手席にいた箕浦がつんのめり、ダッシュボードに頭をぶつけそうになった。

「何やってんだ！」

「箕浦警部、あれは……」

運転していた制服警官が正面に目を向けていた。視線を追う。

ワゴンが停まっている。その前に外国人が数名、道路を塞《ふさ》ぐように立っていた。

「何だ？」

眉根《まゆね》を寄せ、目を細める。

真ん中にいた外国人が片頬を上げた。右腕を上げる。手には筒のようなものを持っていた。外国人は筒を肩に乗せた。

箕浦は双眸を開いた。無線のチャンネルを切り替え、怒鳴る。

「全員、退避だ！　バックしろ！」

運転手がバックギアを入れた。

瞬間、筒が火を噴いた。黒い塊がみるみる迫る。

砲弾がパトカーのラジエーターに食い込んだ。火柱が噴き上がった。パトカーが宙を舞う。反転した車は、後続のパトカーに天井から落ち、下のパトカーを押し潰した。

破損したパトカーのタンクからガソリンが漏《も》れた。そのガソリンに引火する。二台のパトカーは同時に爆発した。車体が爆散し、路壁を砕く。

護送車と背後のパトカーも停まった。降りてきた警官たちは惨状を目の当たりにし、拳銃を引き抜いた。

外国人四人が、揃《そろ》って筒を肩に抱えた。

真ん中にいた男が右手を挙げ、振り下ろす。四本の筒が連続して火を噴いた。

二つの砲弾が護送車のフロントに食い込んだ。凄まじい轟音《ごうおん》が耳孔《じこう》を揺るがせた。爆風が周りにいた警官を吹き飛ばす。護送車の前部が浮き上がり、斜めに傾いた。その隙間を抜け、後方のパトカーにも着弾する。

砲弾はアスファルトをも削り、パトカーを爆砕した。

警官たちは矢じりのように尖《とが》ったアスファルトの欠片《かけら》を全身に浴びた。爆炎に焼かれた者もいる。

路上に倒れていた警察官を傾いた護送車が押し潰す。

横倒しになった護送車の後輪が力なく空回りしていた。

護送車の窓ガラスが砕けた。そこから、逮捕されたZのメンバーが二人、三人と出てくる。男たちの顔や身体は血まみれだった。

砲弾を撃ち込んだ外国人たちは筒を捨てた。一人の男がその筒を抱え、ワゴンに戻っていく。残った外国人たちは肩に掛けていたサブマシンガンを持ち上げた。

四人の外国人が散った。

路上で蠢《うごめ》く標的に一斉掃射する。路上がたちまち射出音と白煙に染まる。悲鳴が上がった。弾丸が肉を抉《えぐ》り、骨を砕く。現場はたちまち血の海と化した。

一人の男が、地面を這《は》う仲間の下に歩み寄った。仲間は血にまみれた手を伸ばし、男のズボンの裾をつかんだ。

「ハ……ハズー。助けてくれるんじゃ……ないのか……」

「すまないな。これも組織のためだ。我々の未来のために神に召されよ」

「やめてくれ……やめ……」

「グッドラック」

ハズーはトリガーを引いた。

男の頭部に無数の弾丸が食い込んだ。薬莢《やっきょう》が散乱し、アスファルトで躍る。

掃射が止んだ。銃口から煙が漂《ただよ》う。

仲間の男の顔はなくなっていた。

生存者の駆逐に回っていた他の仲間が、ハズーの許に集まってきた。

「ハズー。一人残らず片づけた」

「よし、引き揚げるぞ」

ハズーと仲間は足早にワゴンへ戻った。

恭介は、奇妙な輝きを目にしたマンション前でバイクを停めた。キーを付けたまま、バイクを降りる。

マンション内に駆け込み、エレベーターホールへ走った。エレベーター前でデジタル表示された数字を見る。箱は動いていない。

恭介はエレベーター脇にある階段へ走った。段を飛び越え、屋上へ急ぐ。

七階建てマンションの階段を一気に駆け上がった恭介は、屋上のドアノブを握った。ドアには鍵がかかっていた。中安から奪ったまま持っていた二二口径のオートマチックをポケットから出し、銃口をドアノブに向けた。

引き金を引く。銃声と甲高い金属音がエントランスに響く。ドアノブが壊れた。

恭介は銃を握ったまま、ドアを蹴破った。回転して、屋上に躍り出る。起き上がった恭介は銃を構え、周りを見た。

屋上には誰もいなかった。何度も見渡してみたが、猫一匹見当たらない。

銃のハンマーを静かに下ろし、銃口を下げた。

「逃げたか……」

周囲に注意を払いつつ、屋上の真ん中へ歩いた。

アスファルトの上に筆先のような涙形の黒い痕《あと》が残っていた。屈《かが》んで、指の腹で黒いところをさらう。指先が煤《すす》で黒くなる。鼻先に近づけると、硝煙の臭いが鼻腔を突いた。

筆先状の痕を目で辿《たど》り、直線上にある建物を確認する。目線の先には、中安と香奈子が身を隠していたマンションがあった。

恭介は柵《さく》際まで歩き、振り返った。煤の痕跡を目で追う。反対側の金網にへこみがあり、焼け焦げていた。

「無反動砲だな……」

恭介の眉間が曇る。

携帯が震えた。恭介は携帯を取り出し、耳に当てた。

「もしもし」

──恭介！

岡尻だった。受話器から緊迫が伝わってくる。

「どうした！」

──葛西中央署のパトカーと護送車が襲撃された！

「なんだと！」

恭介は携帯を握りしめた。

2

三時間後、葛西中央署に詰めていた恭介の許へ岡尻がやってきた。

「恭介。大丈夫だったか」

「俺はな……」

恭介は目を伏せた。

岡尻が恭介の腕を軽く叩く。

特別捜査本部が設置された会議室には、本庁の刑事と所轄署の刑事が入り乱れ、情報収集と整理に追われていた。

岡尻はすぐ自分の部下の許へ歩み寄った。

「状況は？」

「マンションの被害は三階フロアの三部屋にいた住人計五名が死亡、上階フロアの三名が重軽傷を負っています。平日の昼間だったこともあり、ほとんどの住人が出かけていたのが幸いでした。護送車爆破の現場では警官十名が死亡、護送中の容疑者十四人も全員の死亡が確認されました。マンションや護送車周辺の家屋にも被害が及んでいます」

「使用された凶器は？」

「マンションに撃ち込まれたのは無反動砲だ。種類はわからんが、ＲＰＧかカールグスタフといったところだと思う」

　恭介が答える。

「なぜ、わかった？」

　岡尻が恭介を見た。

「砲撃したと思われるマンション屋上に発射痕があった。マンションまでの距離は約二百メートル。後方三十メートルまでバックブラストが及んでいる。三〇三の破壊状況と合わせて考えると、これほど強力な武器は無反動砲しか考えられん」

　恭介が言う。

　話を受け、岡尻の部下が続けた。

「城島《じょうじま》さんの話を聞いて、現場で発見された破片を科捜研に回しています。他にも目撃者情報ですが、護送車を襲った被疑者は筒のようなものを持っていたようです」

「なんて連中だ。戦争でも始める気か！」

　岡尻がテーブルを叩いた。

「岡尻。青柳《あおやぎ》に持たせた携帯の解析は？」

「データに入った番号はすべて解析を終えた。ボスと書かれた名前の番号は井藤のものだった」

「やはり、そうだったか……。井藤は？」

「わからん。連絡が取れない。今、課員総出で捜索しているところだ」

話していると、岡尻の携帯が鳴った。携帯を出す。

「岡尻だ。うむ……わかった。すぐに向かう。周りを固めていろ。俺が行くまで踏み込むな」

岡尻は携帯を切り、恭介を見た。

「恭介。ヤツらのアジトらしい場所がわかった」

「行こう！」

恭介は岡尻の背中を叩き、会議室を飛び出した。


恭介たちは三十分ほどで現場に到着した。

新大久保の駅に近い場所だった。路上やビル陰には刑事たちが店を囲むように隠れている。物々しい雰囲気を察し、街で商売をしている外国人たちは姿を隠し、鳴りを潜《ひそ》めていた。

岡尻と恭介は、見張りをしている捜査員に駆け寄った。

「動きは？」

岡尻が若い刑事に訊く。

「人が出入りしている形跡はありません」

「こんなところに、ヤサがあったとは……」

恭介は看板のない店のドアを見据えた。

「知っていたのか？」

「Zのヤサが新大久保付近にあるというところまではつかんでいた。だが、なかなか見つからなくてな」

「そうか。しかし、場所は特定された。連中もおしまいだ」

「だといいが……」

恭介が怪訝《けげん》そうに眉根を寄せる。

「準備は？」

「いつでも、踏み込めます」

「よし」

岡尻は捜査員が持っていた携帯無線を握った。

「全員突入！」

号令が響く。

岡尻がビル陰から飛び出した。恭介と若い刑事が続く。物陰に隠れていた刑事たち数名も一斉に飛び出してきた。

ドアノブを握る。鍵がかかっていた。刑事の一人がドアの隙間《すきま》にバールを差し込んだ。思いきりバールを引く。ロックが砕け、ドアが開いた。

若い刑事が銃を握り、先陣を切った。

「警察だ！」

銃口を起こす。他の刑事たちも突入し、すぐさま散らばって銃を構えた。

最後に岡尻と恭介が入る。

刑事たちがカウンターの裏や裏口へ通ずる通路を確認する。

そのうち、三人の刑事がソファーに駆け寄った。人影がある。

「両手を上げろ！」

刑事の一人が怒鳴った。

男はうなだれたまま顔を上げようとしない。

岡尻が前に出た。男のズボンにどす黒い染みが広がっている。テーブル越しに男の髪の毛をつかみ、顔を上げさせた。途端、一同の双眸が強《こわ》ばった。

男の顔は削ぎ落とされていた。顔下の筋肉が剝《む》き出しになっている。喉元《のどもと》には十センチほどの一文字の傷が深く刻まれ、血糊《ちのり》が固まっていた。

「この服装は井藤だ」

岡尻が言う。

「井藤だって？」

恭介は岡尻に目を向けた。

岡尻は上着のポケットをまさぐった。内ポケットから身分証が出てくる。身分証を開いた。顔の部分は焼かれていたが、しっかりと井藤の身分が記されていた。

恭介が岡尻の手から身分証をひったくった。

「どういうことだ……」

まじまじと見つめる。

「仲間割れか、それとも元々井藤が警察という立場を利用されていただけなのか」

「本当に井藤なのか？」

「着ている物も身分証も間違いない。検死すれば、明らかになるだろう」

岡尻は言った。

裏口を調べていた刑事が戻ってきた。

「主任、裏手には誰もいません」

「カウンターにもです」

刑事たちが岡尻の周りに集まってくる。

「井藤を殺して雲隠れというわけか。糸口を消していくつもりだな。鑑識を呼んで、ここを徹底して調べさせろ」

岡尻が言う。

刑事の一人が携帯を取る。

他の刑事がテーブルを回り込み、井藤らしき男の遺体の周りを調べていた。その手が男に当たる。屍《しかばね》がぐらりと傾いた。

「現場保存だ。気をつけろ」

「すみません」

刑事が屍をつかもうとしたが、間に合わなかった。

遺体がソファーに横たわる。その尻の下に銀色の箱が置かれていた。刑事が覗き込む。リード線とタイマーが映った。

「爆弾だ！」

声を張る。

「何！」

恭介と岡尻がソファーに駆け寄った。

銀色の小さな箱の脇に茶色い筒が五本付けられていた。箱の中央で赤いデジタルタイマーがカウントを刻んでいる。数字は残り十秒を切っていた。

「全員、退避！」

岡尻が叫ぶ。

刑事たちが一斉に出口へ走る。

「恭介！　急げ！」

岡尻が声をかける。

恭介もドアロへ走った。

路上に足を踏み出した瞬間、爆音が轟《とどろ》いた。爆風に吹き飛ばされ、身体が宙を舞った。

恭介は腕を伸ばして、両手で地面を受けた。肘《ひじ》を曲げ、衝撃を吸収する。恭介はそのまま地面に伏せ、後ろ頭に腕を回した。

再び、凄まじい爆発音が轟いた。建物の屋根から炎が噴き上がる。破片が飛び散り、恭介や岡尻たちに降り注ぐ。

路上に伏せたまま、周りを見る。岡尻や捜査員たちもアスファルトの上にうつぶせていた。

「大丈夫か、恭介！」

「大丈夫だ！　それより、こんなにタイミングよく爆発するのはおかしい！　Zの連中が近くにいるはずだ！」

恭介が大声で言う。

三度目の爆発が起こる。恭介は首を竦めた。

岡尻はうつぶせたまま、携帯を出した。本庁組対部に連絡を入れる。

「岡尻だ！　新大久保周辺の道路を封鎖しろ！　不審な外国人を見つけたら、徹底して取り調べろ！」

恭介は炎に包まれていく店を見やり、歯ぎしりをした。

大声でがなる。

「なんで、オレも連れていってくれねえんだよ……」

青柳はぼやいた。

岡尻に葛西の現場への同行を申し出た。が、ただの一般人である者を事件現場へ連れて行くことはできないと断られた。

確かに自分は警察官でもＰ２でもない。しかし、恭介の手足となって、捜査に一役買っていた。もう少し認めてくれてもいいものだが……と歯嚙みした。

所在をなくした青柳は、自分で捜査しようかとも考えた。が、恭介から単独行動を禁じられている。本気でＰ２としての道を歩む決意を固めた以上、自らの不満で勝手な行動を取ることはできない。

そう思って自分を律し、恭介の事務所に戻ってきた。預かっていた鍵でドアを開け、中へ入ろうとする。

と、バイクの音が近づいてきた。顔を上げる。バイクはハーレーではなかった。

バイクは青柳に近づいてきて、目の前で停まった。

「なんだ、てめえ」

青柳は拳を固め、睨《にら》み据えた。

男がフルフェイスのシールドを上げる。

「青柳さんじゃねえっすか」

親しげな声が飛んでくる。

青柳は首を突き出し、フルフェイスの奥を覗き込んだ。

「おお、ヤスオじゃねえか」

青柳の頰《ほお》に笑みがこぼれる。

声をかけてきたのは髑髏《どくろ》連《れん》時代の仲間だった。

「オレんち、この近くなんすよ。青柳さんこそ、何やってんすか。このへんじゃねえでしょ？」

「オレは今、ここで世話になってんのよ」

青柳は事務所を親指で指した。

「ここって……工場っすか？」

「違うよ。P2一と言われてる城島恭介さんの事務所だ。オレは今、城島さんの下でP

2修業をしてるんだよ」

「P2って、サツの手先でしょ。それに城島っていやあ、オレらぶっ潰したヤツじゃないですか。そんなヤツのとこになんで青柳さんが？」

「オレも少しは社会に貢献できる男になろうかと思ってな。てめえらも真面目にやってねえと、オレがパクるぞ」

「冗談きついなあ、青柳さんも」

「バカ。冗談じゃねえよ。オレはマジでP2の道に進むと決めたんだ」

「青柳さんがねえ……。みんなが聞いたら、ぶったまげますよ」

「テツから聞いてねえのか？」

「テツとはずいぶん会ってません。何やってんすか、あいつ？」

「歌舞伎町で呼び込みやってたんだよ。偶然会ってな。その時、P2になることを話したから、てっきりおまえらにも伝わっているかと思ってたよ」

「呼び込みって、テツらしいな。また近いうちに集会でもしましょうよ。みんな、青柳さんに会いたがってるし」

「そうだな。まあ、今の事件が片づかねえことには、オレも――」

話していた時、ドンッと重い音が響いた。

青柳とヤスオが音のしたほうを見やった。川向こうから黒い塊が凄まじい勢いで飛んでくる。

「青柳さん、危ねえ！」

ヤスオはとっさに青柳を突き飛ばした。青柳の身体が爆風で吹き飛んだ。宙を回転し、路面に叩きつけられる。

瞬間、閃光が走った。鳴動する。青柳の身体が爆風で吹き飛んだ。宙を回転し、路面に叩きつけられる。

恭介の事務所のシャッターとドアガラスが爆風で砕け飛んだ。

熱風で事務所内に火の手が上がり、炎がみるみると建物を呑み込んでいく。

路上には青柳の他、爆発の煽《あお》りを食った通行人が数人、倒れていた。

青柳は朦朧《もうろう》とした視界で、ヤスオがいたところを見やった。

ヤスオのいた場所には黒い穴が開いていた。バイクもヤスオの肉体も、跡形もなく消し飛んでいた。

「ヤス……オ……」

青柳は地面を掻《か》きむしり、路面に顔を伏せた。

3

井藤は、タジムと共にアガルマのいるスイートルームを訪れていた。

リビングのソファーに腰を下ろし、対峙《たいじ》している。テーブルの上にはアタッシェケースが乗せられていた。フタは開いている。中には札束が詰まっている。

アガルマの部下が札束をかき回した。別の部下がカーテンの隙間から双眼鏡で周りを警戒する。

「心配するな。ケースに何も入っちゃいない。今日はロケット砲も用意してないよ」

井藤は脚《あし》を組んでソファーに仰《の》け反り、タバコを咥《くわ》えた。

横にいたタジムが火を差し出す。首を突き出してタバコの先に火を灯した井藤は、大きく煙を吸い込んだ。指にタバコを挟み、天井に向かって紫煙《しえん》を吐き出す。

アタッシエケースを調べていた部下がアガルマを見て頷いた。立ち上がり、アガルマの後ろへ戻る。外を見ていた部下もアガルマに目を向け、首肯した。

アガルマは井藤を見据えた。

「これはサンダーを売った金か？」

「いや。俺からのプレゼントだ。契約金と思ってくれればいい」

「契約金？　私はまだ君と契約するとは言ってないぞ」

「おいおい。今さら、それはないだろう。がっちりと握手したじゃないか」

「ランチャーを向けられれば、誰だって握手ぐらいはする」

「将軍ともあろう人が、こう簡単に約束を反故《ほご》にするとは」

井藤は脚を解いて、身を乗り出した。アガルマの背後にいた部下の手が懐《ふところ》に入る。井藤はその部下を睥睨《へいげい》した。

「びくつくんじゃねえ」

井藤は灰皿でタバコを揉み消し、再び脚を組んでソファーにもたれた。

「まあこっちも、サンダーを取り返して売上金を進呈するという約束は果たせなくなったんで、差し引きゼロというところか」

「どういう意味だ？」

アガルマが片眉を上げる。

「テレビを点《つ》けてみろ」

井藤が言う。

アガルマが人差し指を上げる。背後にいた部下がリモコンを取り、スイッチを入れた。

大型液晶に映像が映し出される。

緊急特番と銘打って、葛西や新大久保、江東区《こうとうく》での爆破炎上シーンが繰り返し流されていた。部下がチャンネルを変える。どの局も同時多発爆破事件と報じていた。

「これは……？」

アガルマは画面に目を向けたまま訊いた。

「これからスムーズにビジネスをするため、掃除したんですよ」

「掃除だと？」

「ええ。葛西のマンションはサンダーを売っていた女がいたところです。護送車は俺たちの仲間が捕まったんで、口を割らないように始末しました。荒川沿いの爆破は俺たちのことをしつこく嗅《か》ぎ回ってたヤツの事務所を。新大久保の爆破は、俺たちの古巣を吹き飛ばしたんですよ。今頃は俺も死んだことになっているでしょう」

井藤がほくそ笑む。

画面には現場の悲惨な状況が次々と映し出される。攻撃を受けた当人たち以外にも、現場近くにいた通行人や一般人に多数の重軽傷者が出ていた。

「これが掃除だと……？」

アガルマは眉尻を下げた。

「そうです。Zにつながる糸を全部断ちました。新たに糸口が出てきてもすぐに潰すので、我々の正体が暴かれることはないでしょう」

「何を考えているんだ、おまえは！」

アガルマは双眸を剝き、井藤を睨んだ。

「だから、ビジネスしやすいように掃除をしただけだ。何度も言わせるな」

井藤は涼しい顔で見返した。

「わかっているのか。おまえは日本国中の警察を敵に回したんだ。これからは警察が全力でおまえらを捜索することになる」

「心配するな。警察のやり方は俺が一番よく知っている。だから、俺を死んだことにしたんだろうが」

「そんな手に引っかかるものか！」

「それが意外と引っかかるんだよ。単純な物事ほど複雑に考える。複雑に考えるほど真相は見えなくなる。手の込んだ仕掛けをしなくても、人間というのは騙《だま》せるものなんだ。まあ、仮に俺が生きているとわかったところで、情報をつかんだ捜査員を殺しちまえば済むことだがな」

「クレイジーだな……」

アガルマはため息を吐き、首を振った。

「おまえとは取引をしない。他を当たれ」

アガルマは札束《さつたば》の詰まったケースを、井藤に押し戻した。

「他を当たれだと？」

井藤が気色《けしき》ばんだ。

「そりゃないだろう。ここまでの騒ぎを起こしたのは、あんたとビジネスするためだ。今さら取引できないでは、俺たちが困るんだよ」

「誰もここまでしろとは言っていない。私はクレイジーと心中する気はないんでね。つまみ出せ」

部下たちが駆け寄ってきて、井藤とタジムの頭に銃口を二つずつ突きつけた。

井藤とタジムは両手を挙げた。井藤がタバコを吐き出し、カーペットの上でタバコの火を踏み消した。

「わかった、わかった。手荒なマネはしないでくれ」

両手を挙げたまま立ち上がる。タジムも部下たちを見据え、腰を浮かせた。

「あんたが納得いくように、もう少し周りをきれいにしてからビジネスの話をしようじゃないか。その時は俺があんたのところへ行く。その金は、その時の手付けだと思って取っておいてくれ」

「私が再び君と交渉すると？」

「わずかな希望だ。その金は、滞在中にでも持って帰ってでも好きに使ってくれ」

井藤はケースを置いたまま、両手を挙げて歩いた。

黒スーツの部下がドアを開く。井藤とタジムの背中を突いて、送り出した。二人を睨みつけ、ドアを閉める。

井藤とタジムはエレベーターホールまで無言で歩いた。ボタンを押す。エレベーターが上がってきて、ドアが開く。タジムが一階のボタンを押し、ドアを閉めた。

箱が下りだしてようやく井藤が口を開いた。

「アガルマも案外、気の小さい野郎だな」

「どうします？」

「例の計画通り、ハキームと手を組んで、アガルマの精製工場を押さえろ」

「じゃあ、アガルマは」

一階に到着し、ドアが開く。

タジムは口を噤《つぐ》み、井藤の後ろについて歩いた。表に出る。そのままホテル裏に歩き、路上に停めてあったセダンに乗り込んだ。

運転席にタジムが座る。助手席に座った井藤はダッシュボードからタブレット端末を取り出した。起動し、モバイルルーターの電源を入れ、通信状況を確かめる。良好だ。井藤はアタッシェケースに仕込んだ通信機にアクセスし、パスワードを打ち込んだ。無線ＬＡＮがつながる。画面の真ん中にタッチボタンが表れた。

「これで終わりだ」

表示されたタッチボタンを指で叩いた。

画面にテンカウントが表示された。数字が９、８……と減っていく。

「まさか、ケースの外側全部にプラスチック爆弾が詰め込まれているとは、想像もしていなかっただろうな、アガルマも。出せ」

井藤が言う。

タジムはゆっくりとアクセルを踏んだ。少し進んで信号で停まる。井藤はタブレットを見つめていた。数字が0になる。

瞬間、背後で爆発音が轟いた。バックミラーを覗き込む。ホテルの最上階の部屋から炎が噴き出している。

周囲の通行人が降り注ぐガラス片から逃げ惑っていた。車に乗っていた者も、急停車して窓から顔を出し、ホテルを見上げる。井藤はタブレットをダッシュボードに戻した。

信号が変わった。

井藤とタジムを乗せた車は静かにその場を去った。

4

恭介は岡尻と共に本庁へ戻っていた。傷の手当てもそこそこに一連の爆破事案の特捜本部が置かれている会議室に詰めていた。

長いテーブルの上には次々と被害状況のレポートが積み上げられていく。

恭介は、本部室の片隅で岡尻と話していた。

「おまえ、本気で井藤が死んでいないと思っているのか?」

「おそらくな。爆発の仕方を見れば、わかるだろう」

「しかし、網を張ったが、Zのメンバーと思われる外国人は見つかっていない。勘繰りすぎじゃないか?」

「あの爆発の仕方はあきらかにおかしい。もし本当に井藤が殺されていたのだとすれば、時限装置など使わず、逃げる際に遺体ごと爆破してしまえば済むことだ。その方が足は付かない。それに、連中が仲間の携帯がこっちに渡ったことを知ったにしても、いつ警察が踏み込んでくるかまではわからないはずだ。それが、俺たちが踏み込んで遺体を発見し、井藤の身分証を確認したあとのわずか数秒で爆発が起こった。遺体を運び出すことも爆弾を解体することもできない秒数だ。これを偶然と呼ぶにはあまりに出来すぎている」

「おまえの言う通りだとして、なぜ、そんな手の込んだことをする必要があったんだ？」

「逃亡して追われるより、死んだことにした方が後々動きやすくなる。爆破したのは身元確認を遅らせる意味もあったのだろう。粉々に吹っ飛んだ遺体の個人鑑定をするにはDNAを調べるしかないからな。とにかく、井藤はまだ生きていることを前提に捜査した方がいい」

恭介は強く言い含めた。

二人の許に若い捜査員が駆け寄ってきた。

「岡尻主任！」

捜査員が一枚のレポートを差し出した。

レポートを受け取り、内容を見る。岡尻の相貌《そうぼう》が険《けわ》しくなった。

恭介にレポートを差し出す。恭介はレポートに目を通した。みるみる眉間に皺が立つ。

それは、恭介の事務所が爆破されたとの報告だった。

恭介は文字面を目で追った。その目が目撃者情報の欄で留まる。事務所前に若者がいたという報告がある。

「青柳！」

恭介は自分の携帯を出し、青柳に連絡を入れた。二度、三度とかけ直すが、不通の報《しら》せが流れるだけだった。

岡尻はレポートを見返した。江東区の爆破現場の目撃証言に〈少年とバイクに乗った男性が被弾した模様〉との記述があった。

「まさか……」

岡尻の脳裏にも青柳の顔がよぎる。

「くそったれ！」

恭介は携帯を床に投げつけた。粉々に砕け散る。

「江東区の被害者はどこに運ばれているんだ！」

岡尻が捜査員に訊いた。

「大島中央総合病院です」

「すぐに青柳の安否を確認してくれ。青柳真一《しんいち》の名前で照会すれば、プロフィールは確認できる」

「承知しました」

捜査員は自席に戻った。

「落ち着け、恭介。青柳が爆破に巻き込まれたと決まったわけではない」

岡尻が言う。

「偶然はない。連中は俺の事務所を見張っていた。俺が戻ったところを狙うつもりだったのだろう。井藤の関係から、青柳と俺の関わりも漏れている可能性がある。青柳とバイクに乗った誰かが俺だと判断すれば、そこを狙ったと考えるのが妥当だ」

恭介は席を立った。

「どこに行く」

岡尻も立ち上がる。

恭介はドア口へ向かおうとした。

「待て」

岡尻が恭介の肩を握った。

「これは、おまえだけの問題じゃない」

引き留めようとする。

恭介が振り返った。双眸は憤怒《ふんぬ》に満ちていた。長い付き合いの岡尻も、恭介が纏《まと》った底知れない怒気に怯《ひる》んだ。恭介は岡尻の手を握り、外した。

「俺も死んだことになっているんだろう。おもしろい。死人同士でカタをつけてやる」

恭介は冷徹な笑みを滲《にじ》ませ、岡尻に背を向けた。歩きだす。

「待て、恭介！」

岡尻が声を張って呼び止める。

恭介は本部室を出た。すぐに岡尻が追ってきた。

「待てと言っているだろうが！」

恭介の肩を強くつかみ、引き寄せた。

恭介は振り返りざま、岡尻の鳩尾《みぞおち》に右拳を叩き込んだ。岡尻は目を剥いて、息を詰めた。

「恭……介」

岡尻の両膝が頽《くずお》れる。恭介は岡尻の両脇《りょうわき》に腕を通し、廊下の隅に座らせた。

「すまんな。ここまで好き勝手にされて黙っていられるほど大人じゃないんだ。Ｚは俺がぶっ潰してやるから安心しろ」

恭介は気絶した岡尻に声をかけ、本庁舎を後にした。

本庁舎を出たその足で渋谷に来ていた。クラブ・ルートの前でバイクを停める。恭介はドアを蹴破り、まだ開店準備中の店内に入っていった。

すぐに外国人従業員が駆け寄ってくる。

「また、あんたか！　困るんだよ、ドアとか壊されたら」

男が詰め寄る。

恭介は問答無用に、男の腹部に右拳を叩き込んだ。男が息を詰め、その場に沈む。

清掃していた従業員たちが恭介を取り囲んだ。

恭介は一同を睥睨した。従業員たちは恭介の迫力に気圧《けお》され、囲いを解いた。

スタッフオンリーのドアを開き、通路を奥へ進む。通路にも外国人が溢れていた。が、誰もが恭介の怒気に圧倒され、道を開く。

最奥の部屋の扉を開く。正面デスクには、スーツに身を包んだイラン系密売組織のボスがいた。

恭介の姿を見て、笑みを浮かべる。恭介はボスだけを見つめ、デスク前に歩み寄った。

「ヘイ、ミスター。どうしたんだ？　まだ、Zは潰れてないみたいだな」

ボスが親しげに声をかける。

恭介はデスクに両手を突き、身を乗り出した。

「協力してほしい」

「何を頼みたいんだ？」

「Zの情報をとにかく集めてほしい」

「おいおい。Zのことは前に教えた以上のことは知らない。関わりたくもない。いや、それ以前にZのアジトは爆破されたと聞いたが」

「なぜ、Zのアジトだと知っている？」

恭介が見据える。

ボスは一瞬たじろぎ、黒目を泳がせた。

恭介はデスクに飛び乗り、ボスの頭上を飛び越え、背後に回った。

周りにいた部下たちが殺気立った。

背もたれの裏から腕を回し、ボスの喉元を左手で握り絞《しぼ》った。デスクの引き出しを開け、中に入っていたオートマチックを取る。すばやく左手を喉から離し、スライドを引いた。撃鉄が起きる。

ボスが立ち上がろうとした。恭介は椅子の背を靴底で押し、ボスの身体をデスクとの間に挟み付けた。こめかみに銃口を当てる。

「何のマネだ……」

ボスは銃口に目を向け、頰を引きつらせた。

「二日以内にZに関する情報を取ってこさせろ。それで俺に隠し事をした件はチャラにしてやる」

ボスのこめかみを銃口で捏《こ》ねる。

ボスは部下たちを見回した。

「今日は休みだ。店を閉めて、総出でZの情報を集めてこい」

「ボス！」

バンダナを巻いた男が銃口を起こそうとした。

「ストップ！」

両手を挙げ、部下を制する。

「この男は本気だ……」

そう言うボスのこめかみから脂汗《あぶらあせ》が滴《したた》った。

「確度の高い情報を持ってこい。ガセネタをつかませたら、おまえら全員、地の果てまで追って息の根を止めるから、そう思え」

一同を見据える。

「早く行け！」

ボスが怒鳴った。部屋にいた部下たちが一斉に部屋を出た。

二人だけになる。恭介はボスのこめかみから銃口を外し、デスクの端に尻をかけた。

ボスは椅子を引き、胸元をさすって大きく息をつく。

「すまなかったな。乱暴な真似をして」

恭介が言う。

ボスは両眉を上げ、肩を竦めてみせた。

「かまわんよ。おまえのような冷静な男がこんな無謀を働くとは、よほどのことがあったのだろう。あちこちで起きた爆破事件と関係があるのか？」

「俺の事務所が爆破された。俺の大事な仲間も、もしかすると……」

青柳を思い、奥歯を嚙みしめる。

「そうか。友人まで襲われたのなら、仕方がない」

ボスはタバコを咥えた。火を点け、深く煙を吸い込んで吐き出す。紫煙の幕から恭介を見やる。

「報復なら手伝うぞ」

「人はいらない。武器を調達してくれないか。あとで金を払う」

「何がほしい？」

「オートマチックが三挺《ちょう》。フル装塡《そうてん》のマガジンも付けてくれ。それとサブマシンガン。ウージーでいい。無反動砲や手榴弾も手に入るなら揃えてくれ」

「一人で戦争でも始める気か？」

「連中はそれ以上の武装をしている。手に入るなら、武装ヘリも欲しいぐらいだ」

「そんなに凄いのか、Zは……」

ボスは生唾《なまつば》を飲み、喉を鳴らした。

「相手は死人だからな」

恭介は井藤を思い浮かべ、宙を睨み据えた。

「実は、Zが私に接触してきている」

「本当か？」

恭介がボスを見る。

ボスは深く頷いた。

「部下を通じて、何度も話し合いを持ちたいと言ってきている」

「話し合いに応じたのか？」

「いや。やつらは得体が知れない。どういう話かは知らんが、ろくな申し出ではないだろう。危うきには近寄らずだ。が――」

ボスは恭介を見つめた。

「おまえがZを本気で潰すつもりなら、協力してもいい」

「おびき出すのか？」

「そうだ。しかし、ここは危ないな。場所を移動するが、かまわないか？」

恭介に訊く。

「賢明な判断だ」

恭介は頷いた。

5

恭介たちがクラブ・ルートから品川区にあるボスの私邸に移り、丸二日が経った。

ボスの私邸は一見、普通の外国人邸宅のようだ。が、地下にはすべての部下を囲えるほどのフロアがあり、武器や密売した麻薬、現金などが置かれていた。ここは幹部とボス側近の部下しか知らない場所だった。

恭介は、イラン系組織に接触してきているZのメンバーが現れるのを待っていた。が、その人物はなかなか姿を現さない。

一方で、ボスの下には部下たちが仕入れた情報が次々と上がってきていた。しかし、どれもう一つ信憑性に欠けるものばかりだった。

恭介は、動くかどうか逡巡《しゅんじゅん》していた。Zのメンバーが接触してくるのを待ちたい。だが、まごまごしていれば、Zが完全に地下へ潜ってしまうおそれもある。

さて、どうする……。

恭介は、タブレットに収めた情報と睨み合った。

そこへ、バンダナを巻いた男が一人の男を連れてきた。ターバンを巻いている。男の顔は原形を留めないほど腫《は》れ上がっていた。バンダナ男の腕や顔、胸元にも無数のキズが走り、血が滲んでいる。

バンダナ男は、ターバン男をデスクの前に突き出した。ターバン男はよろけ、フロアに両膝をついた。

「こいつは？」

ボスが訊く。

「オレに接触してきていたZのメンバーです。マシャという男です」

バンダナ男が答えた。

「こっちの事情も知らず、のこのこと接触してきたというわけか。愚かだな、Zという組織は」

ボスは立ち上がり、デスクを回り込んでターバン男の前に立った。

恭介が歩み出る。ボスは右手のひらを上げた。

「ここは、オレたちに任せろ」

ボスはデスクに寄りかかり、顎先《あごさき》を振った。

バンダナ男たちがマシャの両脇をつかんだ。マシャが口を開いた。舌を伸ばす。その口にボスが靴の先を突っ込んだ。

マシャは息を詰め、呻《うめ》き声を漏らした。

「自決を選ぶとは気合いが入っているな」

恭介が言う。

「心配するな。こういう連中の扱いは慣れている」

ボスは靴を脱いだ。

部下が靴ごと口にタオルを巻く。両手首を背に回し、縛り上げる。結び目にワイヤーを絡めて天井の配管パイプに通して、マシャを吊り上げる。マシャが苦痛に相貌を歪《ゆが》めた。肩関節に全体重がかかり、軋《きし》む。

部下の一人がナイフを取り出した、マシャの上着を切り裂く。上半身が剝き出しになる。部下はマシャの上半身を傷つけ始めた。

刃先で皮膚を裂く。血が滲む。部下は男の胸板に無数の薄傷を付ける。しかし、マシャは時折眉尻を動かす程度。致命傷になる傷は一つもない。

恭介はデスクに尻をかけ、その様子を見ていた。ボスが恭介を見やる。

「本番はこれからだ。おい」

ボスが通路にいた部下に声をかける。

部下はスチールの小さな箱を持ってきて、バンダナ男に手渡した。白い粉が入っている。バンダナ男は右手の四指で白い粉をすくい、マシャの胸板の傷に擦《す》り込んだ。

「んんんっ！」

マシャが目を剥いた。激痛に両脚をばたつかせる。肩関節は今にも外れそうだ。それでもマシャは呻きを漏らし、暴れた。

恭介はマシャの苦悶《くもん》を眺めつつ、呟《つぶや》いた。

「塩だな」

「知っているな、おまえも」

ボスが片頬に笑みを滲ませる。

恭介は肩を竦めてみせた。

傷口に塩を塗り込む拷問は、戦場でも行われている。恭介も一度だけ敵に拘束された際、同様の拷問を受けたことがある。

塩が傷口に擦り込まれると、筋肉を引き裂かれんばかりの痛みが全身を駆け巡る。傷の程度にもよるが、時にはひと擦りされただけで失神してしまうほど脳みそを揺るがす激痛だ。殴られる痛みや骨折、脱臼の痛みとも違う、日常では感じることのない神経を直接掻き回されるような異質の痛みだった。

それだけに、この痛みに耐えるのは難しい。

恭介も、仲間の救出があと数時間遅ければ、何かを吐かされていたかもしれない。この世で最も受けたくない拷問の一つだった。

バンダナ男は塩をすくい、傷口に塗り込んでいった。

マシャの顔中に汗が噴き出していた。唇は紫色に変色し、顔は蒼白になっている。軽いショック状態を起こしているようで、四肢はかすかに痙攣《けいれん》していた。

「早く吐かねえと、壊れちまうぞ」

ボスはマシャを見やり、ほくそ笑んだ。

マシャは塩を擦り込まれるたびに暴れた。タオルを噛みしめる。呻き声すら出なくなる。痙攣もひどくなってきた。

「そろそろ、しゃべるか？」

バンダナ男が訊く。

マシャはうなだれたまま、バンダナ男を見ようともしない。

「そうか」

バンダナ男は新たな傷を刻み、そこに塩を練り込んだ。

「んぐっ！」

マシャの身体が大きく弾んだ。浮き上がった腰が落ちてくる。双肩の関節が鈍い音を立てた。

マシャは双眸を剝いた。両肩の関節が外れ、肩口に奇妙なこぶができた。別の男がマシャの足を引いた。両腕の三角筋がぶつりと音を立て、切れた。

「んんん！」

マシャがタオルを噛んだ。力が入りすぎ、歯が砕けた。タオルに鮮血が滲み出る。

バンダナ男はさらに塩を取った。

恭介はバンダナ男に近づき、後ろからその手を押さえた。

「もういいだろう」

恭介はマシャの口に巻かれたタオルを外し、突っ込まれた靴を取った。

マシャは口をだらりと開いたまま、息を継いだ。

「Zの本部はどこだ。教えろ。おまえを殺したくはない」

恭介は優しく問いかけた。

「……羽の……ル」

「どこだ？」

口元に耳を近づける。

「赤羽《あかばね》……寺に囲まれた……廃ビル……」

マシャはそう呟き、意識を失った。

ボスが部下に目をやる。部下がワイヤーを外した。マシャの身体がフロアに落ちた。

そのままフロアに横たえる。

ボスはマシャを見やり、視線を恭介に向けた。

「意識が途切れる寸前に質問するとはたいしたもんだ。おまえ、何をやっていた？」

ボスが訊く。

「俺はただのP2だ」

恭介はさらりと答えた。

ボスは笑みを浮かべ、首を振った。

「まあいい。これからどうする？　Zのアジト探しを手伝おうか？」

「一人でいい。車を一台用意してくれるか？」

「もう用意してある。頼まれた武器も後部シートに詰めてある。おまえの要望通りには揃えられなかったがな」

「充分だ。世話になった」

「そういえば、名前を聞いていなかった。オレはアデールハサンだ」

「城島恭介だ」

「キョースケか。神のご加護を」

ボスが言う。

恭介はボスと握手をし、部屋を出た。

バンダナ男が恭介の背を見つめ、ボスに近づいた。

「ボス。Zを潰させたあと、ヤツを始末しましょうか？」

小声で訊く。

「もういい。ヤツは放っておけ」

「なぜです？」

「今の拷問を見ても平気な顔をしていた。拷問相手から言葉を引き出せるのも、あのタイミングしかなかった。本当の拷問を知っている男だ。武器の集め方といい、ここへ乗り込んできた時の肝《きも》の据わり方といい、まともじゃない。敵に回すには気味の悪い存在だ。こういうヤツには関わらないのが一番だ」

「しかし、この屋敷や武器の出所をしゃべられたら」

「ヤツはしゃべらない。とにかく、ヤツにはこれ以上関わるな。他の連中にも徹底させろ。手を出せば、こっちが危うくなる」

ボスは静かに恭介の残像を見据えた。

6

恭介は赤羽に向かって車を走らせた。北本通り《きたほんどお》りに差しかかったところで、空を埋め尽くしていた黒雲から雨粒が落ち始めた。

雨はみるみる激しくなり、アスファルトを黒く染めていく。闇《やみ》が一層濃くなる。

恭介は新荒川大橋に臨《のぞ》む角に差しかかった。寺が集まる一角だ。ヘッドライトを落とし、路地をゆっくりと走る。

暗闇に忽然《こつぜん》とビルが現れた。十五階建てのビルだった。ところどころ窓ガラスが割れ、今にも朽ち果てそうな佇《たたず》まいだ。立ち入り禁止の鉄柵は錆《さ》び付き、奥の敷地には雑草が茂っていた。

恭介は少し離れたビル陰に車を停めた。

雨に打たれつつ、ビルの周りを歩いてみる。人のいる気配はない。裏に出ようとしたところで足を止めた。

壁に隠れて、様子を見た。傘を持った二人の男が何やらやりとりをしている。まもなく鉄柵が開く音がし、ヘッドライトを消した黒塗りの車がビルの中へ吸い込まれていった。

車が建物内に消えると、傘を差した男が周りを確かめ、柵を閉じた。再び、人影が消える。

恭介はビルから少し離れて、上階を見やった。目を凝らす。最上階から三つ下のフロアで何かが蠢いている。明かりだった。目隠ししている板の隙間からかすかに光が漏れだしていた。

さらによく見てみると、下のフロアでも明かりの点いている場所があった。

「なるほど。ここに間違いなさそうだな」

恭介は車に戻った。

後部シートに乗り込み、スポーツバッグを取って開く。

中には武器が詰まっていた。オートマチックが三挺、マガジンが六本、サブマシンガンが一挺、ガムテープで二本分を束ねたフル装塡のサブマシンガン用マガジンが三本、手榴弾が六個。後部シートの下には砲弾が詰まったバズーカも一本用意されていた。

恭介はダッシュボードに置いていたタバコを取り、咥えて火を点けた。咥えタバコを吹かし、腰回りやライダースのポケットに武器を詰めていく。ホルスターを左右の肩に提げ、そこにも拳銃や手榴弾を差していく。すべてが恭介の被服に収まった。

恭介はバズーカの筒を持って、ドアを開けた。車外に出て、咥えていたタバコを吐き捨てる。火玉がジュッと音を立て消える。

ビルを見据えた恭介は、車が出入りしていた裏手へ向かった。

裏門の見える道路の角まで来る。

恭介はバズーカを肩に乗せ、構えた。サイトを出し、ビルの最上階に照準を合わせる。

「さて、始めるか」

バズーカのスイッチを押した。

ビルの十二階フロアには井藤を始め、タジムやハズー、トンチャイといったZの幹部が顔を揃えていた。

「マシャはどうした？」

井藤が訊く。

「それが……連絡つかないんです」

タジムが答える。

井藤は眉間を寄せた。

「すぐ街に散っている連中に捜させろ」

井藤が言う。

タジムはドア口にいた部下を呼んで、井藤の命令を伝えた。

「トンチャイ。ハキームとの連絡は？」

「取れています。アガルマが死んだことを伝えたら、さっそくアガルマ所有の密造工場の切り崩しを始めたようです。地下銀行から活動資金として二億を送っておきました」

「現地にいる連中にしっかり伝えておけ。ハキームが妙な動きを見せた時は、躊躇なく殺れとな」

「ＯＫ、ボス」

トンチャイは席を立ち、フロアの端に行って携帯を握った。

「ハズー。イラン系組織との話し合いはどうなっている？」

「マシャが知り合いを通じて、ボスのアデールハサンと接触する段取りを整えていたんですが、二日前に突然姿を消しました」

「クラブ・ルートにいるんじゃないのか？」

「二日前までは確かにそこにいましたが、今はもぬけの殻です」

ハズーが言う。

「妙だな……」

井藤は腕組みをした。

イラン系組織との交渉の段取りをしていたマシャがいなくなった。アデールハサンも姿をくらました。マシャが彼らの手に落ちた可能性はある。

しかし、疑念が残る。

イラン系組織がマシャに手を出すのは、Zに喧嘩を売るようなものだ。アデールハサンは慎重に事を運ぶ人物だ。わざわざZと戦争になるような行動を、爆破事件で警察の士気が上がっているこの時期に取るとは思えない。

誰かが糸を引いているのか……？

井藤は顔を上げた。

「ハズー。おまえの伝手《つて》で一刻も早くアデールハサンを探し出して接触し、相互協力の話を付けろ。アガルマを殺った以上、ここからはタイムレースだ。流心会の縄張りを短時間で制した者が勝つ。相互協力を断られた時は、アデールハサンを殺れ」

「ボス。アデールハサンを敵に回すのはまずいですよ。今、隆盛なのが中国系や南米系とはいえ、アデールハサンは依然、中東系の勢力の中では絶大な力を誇っています。彼らと反目すれば、孤立無援で戦うことになりますよ」

「かまわん。その時はその時だ。俺たちの力を見せてやればいい。とにかく急げ。この数日に勝負を決するぞ」

井藤が檄《げき》を飛ばす。

ハズーは頷き、ドア口に向かおうとした。

その時突然、階上で爆発音が響いた。建物が揺らぎ、崩れた天井の欠片が井藤たちに降り注いだ。

「なんだ!」

井藤は両腕で頭をガードし、ハズーに鋭い視線を送った。

「何があったのか、見てこい!」

声を張り上げる。

ハズーは部屋から走り出た。

闇を裂いた砲弾がビルの最上階に命中した。轟音と共に火柱が上がった。真っ赤に染まった闇の中に砕け散った壁やガラスの雨が降り注ぐ。

恭介はバズーカの筒をその場に捨て、裏門へ歩いた。手榴弾を手に取り、口でピンを引き抜いて鉄門の下に転がした。電柱の陰にすばやく身を隠す。

低い爆発音が足下に響いてきた。爆破の勢いで中央の鎖は切れ飛び、鉄柵の留め具が傾いた。恭介は鉄柵を蹴り開け、中へ入った。

大勢の足音が迫ってきた。

恭介はサブマシンガンを握り、入口前に停めてある車のサイドを撃った。ボディーに穴が開き、ガソリンが漏れ出す。再び手榴弾を取り、ピンを抜いた。大きく腕を振り、手榴弾を投げる。ボディーに当たった手榴弾が車の脇に転がった。

手榴弾が炸裂する。火花がガソリンに引火した。瞬間、爆音と共に車が舞い上がった。炎を噴き上げながら横回転した車が他の車の屋根に落ちる。その車から漏れだしたガソリンにも引火し、重なった車はさらに大爆発を起こした。

一台の車が燃えながら宙を舞い、玄関に突っ込んでいく。

玄関口で悲鳴が聞こえた。

火だるまの車を避《よ》けた男たちが、玄関からわらわらと出てくる。

「誰だ、おまえは！」

「雑魚《ざこ》に用はない！　死にたくなければ、このまま逃げろ！」

恭介ががなり立てた。

しかし、男たちは銃を構えた。恭介はすかさず、男たちの足下を狙ってサブマシンガンを唸《うな》らせた。

掃射音が雨音を凌駕《りょうが》する。弾丸は男たちの太腿《ふともも》を射貫き、膝《ひざ》を砕いた。男たちは飛び跳《は》ね、崩れ落ち、足を押さえてもんどり打った。

後方にいた男がランチャーを向けてきた。閃光が雨空を照らす。

恭介は真横に飛んで伏せた。

的を失った砲弾が路上に飛び出した。一般車が通りかかった。砲弾は一般車のボディーを貫き、炸裂した。

炎と車が舞い上がった。火だるまの車体が向かいのマンションの玄関を突き破る。マンションの玄関ホールで再び爆発が起きた。

マンションの警報装置が作動し、けたたましいサイレンが鳴り響いた。

恭介は地に伏せたまま、手榴弾を取った。ピンを引き抜いて、廃ビルの玄関に放る。

手榴弾は男たちの足下に転がり、炸裂した。男たちの体躯《たいく》が舞い上がる。

恭介はすばやく身体を起こし、体勢を低くしてサブマシンガンを連射し、中へ突っ込んだ。

待ち構えていた男たちは、恭介の急襲になすすべもなく銃弾を浴び、倒れていく。

恭介は壁に身を寄せ、サブマシンガンのマガジンを引き抜き、ひっくり返して装着した。レバーを引き、弾を装塡する。

階段から男たちが次々と下りてきていた。

恭介は再びサブマシンガンを乱射し、男たちの群れに突っ込んでいった。


様子を見に出ていたハズーが、十二階フロアに駆け戻ってきた。

「ボス！　ジョウジマです！」

「城島だと！」

井藤が眦《めじり》を吊り上げた。

「ヤツは殺ったんじゃなかったのか！　誰が城島のところに行った！」

「マシャです。確かに殺したとの報告を受けたのですが」

タジムが言う。

「確認しないから、こうなるんだ！　何が何でもヤツを殺せ！」

「しかし、ボス。これだけの騒ぎになっては警察も来ます。ここはいったん逃げたほうが――」

「逃げろだと？」

タジムの頬を殴りつけた。口唇が切れ、血が滲む。

井藤はタジムの胸ぐらをつかんだ。

「今、ここで弱みを見せてどうする。警察だろうが何だろうが殺っちまえ！」

「ボス。本気ですか？」

タジムが井藤を見下ろす。

「なんだ、その目は？　俺に逆らう気か！」

恫喝する。が、タジムは目を逸《そ》らさない。

「ここで何人死のうがかまわない。今ここで引けば、Zは体《たい》を成す前に潰れるだけだ」

「何人死んでもかまわないとは、本気で言っているのですか？」

「うるせえやつだな」

井藤はタジムを突き飛ばした。懐からオートマチックを抜く。スライドを引くなり、井藤はタジムに向けて発砲した。

タジムは腹部に被弾し、膝を落とした。腹を押さえる。上半身が倒れ、顔から床に落ちた。

十二階フロアに静寂が漂った。タジムの両手の指間からは血が溢れていた。

井藤とタジムを交互に見やり、困惑の色を滲ませる。

「何をボケッとしているんだ！　さっさと城島の首を取ってこい！　ハズー！」

井藤が怒鳴る。

ハズーが駆け寄ってきた。

「ランチャーやバズーカをこの部屋に集めろ」

「何をするんですか？」

「警察が来たら一斉に上から狙う。他の連中は城島の始末に当たれ。城島を仕留めたら、ここへ連れてこい」

「……OK、ボス」

ハズーはトンチャイを連れ、フロアから出ていった。

井藤はタジムに一瞥をくれた。

「どいつもこいつも、ぶっ殺してやる」

呟き、銃把《じゅうは》を握り締めた。


一階フロアを制圧した恭介は上の階へと進んだ。

壁に身を寄せ、銃口を突き出し、人影に向けてサブマシンガンを唸らせる。手榴弾で敵の固まりを粉砕し、また上の階へと進んでいく。

階段や踊り場には悲鳴と怒号が飛び交っていた。恭介は容赦なく敵を射貫き、上階へと急いだ。


「主任！　赤羽で銃撃戦が起こっているようです！」

「何だと！」

本部室に詰めていた岡尻は、部下の手から受話器をひったくった。

「状況は！」

――わかりませんが、戦争さながらの銃撃戦が起こっている模様です！

部下が電話口で叫ぶ。

「総動員で現場に向かう！　武器を携帯しろ！」

岡尻は声を張った。

恭介は、手榴弾とサブマシンガンで大勢の敵をなぎ倒し、上階を目指して走った。

大勢の敵を相手にするには頭を取るしかない。一秒でも早くこの戦いを終結させるために、恭介は上へと急いでいた。

しかし、七階フロアに出ると様子が一変した。

今まで溢れ返っていた男たちの姿が急になくなった。暗いフロアはしんと静まり返っている。が、恭介は四方から漂う殺気を肌で感じていた。

恭介は階段を戻り、壁に背を当て、気配を探った。

「ここからは本体が出張ってくるというわけか……」

恭介はサブマシンガンのマガジンをひっくり返して、差し込んだ。サブマシンガンのマガジンはこの一本だけだ。手榴弾もなくなってしまった。

残るはオートマチック三挺とマガジン六本のみ。十二階フロアにたどり着くまで、まだ五階もある。拳銃三挺とマガジン六本では心許《こころもと》なかった。

足下に倒れている男の装備を見た。みな、拳銃しか握っていない。ランチャーは一階で一度、使われたきりだ。彼らが無反動砲を一挺しか用意していないとは考えにくい。

「重火器で俺を狙ってくる気か？」

敵の狙いが読めない。

恭介は五感を尖らせ、サブマシンガンのグリップを握り返した。

「行ってみるか」

恭介はサブマシンガンを乱射し、七階フロアに躍り出た。

しかし、闇に響くのは、恭介の銃声だけだった。目隠ししていた板に穴が開き、路上の街灯の明かりが入ってくる。

恭介はマシンガンを構えたまま、壁伝《づた》いに歩いた。右斜め前に人影が見えた。通路の角を曲がり、人影が消える。

人影を追った。通路の角を曲がろうとする。その瞬間、かすかだが不自然な輝きが目に飛び込んできた。

恭介はとっさに足を止めた。首筋に何かが当たっている。恭介は黒目を下に向け、指先で触れてみた。

「ピアノ線か」

恭介は下がろうとした。

が、背後から銃声が聞こえた。恭介の足下に銃弾が食い込む。

恭介はピアノ線を避けてしゃがみ、銃口を後ろに向け、乱射した。

「ギャッ！」

短い悲鳴と共に人間の倒れる音がした。

さらに銃声が聞こえてくる。そのうちの一発が恭介の左肩を撃ち抜いた。

たまらず、膝を落とす。と、通路の様子が見えた。ところどころにキラキラと光る糸が張り巡らされている。

「ブービートラップ地帯に俺を誘い込もうというわけか……」

恭介は背後に向けて、掃射した。サブマシンガンの弾が切れる。

すばやくオートマチックを取り出し、ブービートラップが仕掛けられた通路に飛び込んだ。足下に張られたピアノ線の前で立ち止まり、壁に背をつける。

銃声の聞こえた方を見やった。

敵は恭介がこの地帯に飛び込んだのを見て、追撃を止めた。

通路の奥に目を向けた。薄闇に目を凝らし、ピアノ線のかすかな輝きを追う。数メートル先のピアノ線の根元に手榴弾が括《くく》り付けられていた。

ブービートラップには、単純に引っかけて爆発させる単発型と、複雑に糸を絡め合わせている複合型、一つの爆発をきっかけに二重三重と爆破するよう仕掛けている連鎖型がある。

恭介は戦場でのことを思い出しつつ、目を閉じた。

「単発か、連鎖か……。連鎖だったらまずいが、一か八かだな」

恭介は深呼吸をして目を開き、銃を構えた。

数メートル先の手榴弾に銃弾を撃ち込む。銃弾の衝撃でピンが外れた。瞬間、手榴弾が炸裂した。壁が吹っ飛び、鉄片が恭介の腕や脚に突き刺さる。

一つの手榴弾の爆発をきっかけに、壁や廊下に埋め込まれていた手榴弾が一斉に爆発し始めた。

「くそう、連鎖か！」

急いで元来た通路に戻る。その足にピアノ線が引っかかった。恭介は通路に飛んだ。手榴弾が炸裂する。恭介の身体は爆風で飛ばされ、フロアの上を転がり、廊下の壁に当たった。頭部をしたたかに打ちつける。割れた額から血が流れる。

恭介の姿を認め、フロアに隠れていた男たちが一斉射撃を始めた。

恭介は窓の目隠し板を突き破り、外へ飛び出した。ガラスが砕け、恭介の身体が宙に浮く。恭介は必死に手を伸ばし、窓の桟《さん》に手を掛けた。

割れたガラスが指に食い込んだ。恭介の相貌が歪む。歯を食いしばり、ベルトを引き抜いた。二枚窓の中央にある支柱に巻き付け、バックルにベルトを通し、そのベルトを手に巻き付けてぶら下がる。

「やったぞ！」

男たちの声が聞こえてきた。

「ボスが屍を持ってこいと言ってたぞ」

「ＯＫ。オレは下に回るよ」

話し声が聞こえる。

一つの足音が去っていき、一つの足音が近づいてくる。男が窓から顔を出した。瞬間、恭介は銃口を向けた。

男の顔が引きつる。引き金を引いた。男の眉間に銃弾が食い込み、顔が跳ね上がった。

男の姿が窓枠から消えた。

恭介はベルトをつかんで、壁をよじ登った。

窓枠に手をかけたとき、サイレンの音が聞こえてきた。壁にぶら下がったまま、様子を見る。路上にみるみるパトカーが溢れた。

「井藤も終わりだな……」

そう思った瞬間だった。

突然、上階の窓ガラスが割れた。ガラスの欠片が降り注ぐ。腕で顔をガードし、上階の窓を見る。奥から筒先が飛び出した。

「無反動砲か！」

パトカーを見た。

警官たちは気づいていない。

「逃げろ！」

恭介は叫んだ。同時に炸裂音が闇を切り裂いた。

砲弾が一台のパトカーに命中した。凄まじい爆発が起こり、ビル壁が揺れた。

砲弾は二発、三発と放たれた。パトカーだけでなく、近隣の住宅や壁、駐車場の車に着弾し、何もかもを吹き飛ばしていく。

「何を考えてやがるんだ！」

恭介はフロアに飛び込んだ。

銃声を耳にして戻ってきた男たちが、恭介めがけて銃を放った。再び左肩に銃弾を食らい、弾け飛んで壁にぶつかり倒れた。

「撃て撃て撃て！」

井藤は部屋の隅に座り込み、鼓舞した。

窓枠を固めていた仲間たちが次々とランチャーやバズーカを撃ち込んでいく。爆発が起こるたびにビルが揺らぐ。

井藤は揺れを感じながら、うっすらと笑みを滲ませた。

対抗する警察の銃声も響く。しかし、仲間の悲鳴は聞こえない。

「見せてやれ、俺たちの力を！」

井藤は高笑いした

そこに白い布を纏った男が現れた。ライダースを着た男を引きずっている。

「城島を殺りました！」

ハズーが近づいてきた。

「ようやく、くたばったか」

うつぶせに放られた男を足で蹴り起こす。うつぶせた男が仰向けになる。

ライダースを着た男の顔が見えた。瞬間、ハズーの表情が強ばった。仲間だった。

ハズーが顔を上げた。その眉間に銃口が突きつけられた。

白布を纏っていたのは恭介だった。

恭介は躊躇なく引き金を引いた。ハズーの後頭部から血がしぶいた。ハズーは宙を見据え、その場に頽れた。

恭介は両手に銃を握って腕をクロスさせ、窓際で筒を抱えている男たちに発砲した。

次々と放たれる銃弾が男たちの胸を貫き、こめかみを突き破る。

頭を吹き飛ばされたトンチャイは窓を乗り越え、地上に落下した。

周りの部下たちが一斉に恭介を狙う。恭介はフロアの中央に仁王立ちし、人影に向け、引き金を引きまくった。

的確な弾道で、一人、また一人と倒していく。真ん中にいる恭介を挟んで敵が撃ち合う。味方が放った銃弾で被弾し、絶命する者も多数いた。恭介が二挺の銃を撃ち切った頃には、敵のほとんどがフロアに沈んでいた。

「城島！」

井藤が吼えた。銃を起こす。恭介は井藤の右手を狙い、銃を放った。銃弾が井藤の指と共に銃を弾き飛ばした。

空になった二挺の拳銃を放り捨て、腰に差した残り一挺の銃を抜いた。

右手を押さえてうずくまる井藤の許に歩み寄る。頭頂部に銃口を押し当てた。

「終わりだ。観念しろ」

「一人でここまでやるとは。P2ってのは、たいしたもんだな。さっさと殺ってくれ」

「ここで殺してもかまわんが、これだけの事を起こした責任がおまえにはある。警察ですべてのことを話せ。どのみち死刑は免れんだろうがな」

「殺さないのか？」

「おまえの身柄は岡尻に渡す」

「そうか。殺さないのか……」

井藤が肩を揺らした。次第に大声を上げて笑い始める。

井藤はやおら立ち上がり、恭介を見据えた。

恭介は井藤の眉間に銃口を当てた。

「甘いな、城島よ。俺が生きている限り、何度でもZは復活するぞ」

「なぜ、そこまで麻薬ビジネスにこだわる？　金か？」

恭介が訊く。

「金儲けをしたいだけなら、サンダーなど売らない。客を潰すだけだからな。俺の目的は粛清《しゅくせい》だ」

井藤は片眉を上げた。

「粛清とは？」

「薬物事案の現状を知っているか？　売人も使用者もたいした罪には問われず、すぐ世の中に出てくる。そしてまた、薬物を売買し、俺たちに追われることになる。いたちごっこなんてものじゃない。無限ループだ。薬物依存から立ち直った連中なんて数えるほどだ。それほど一度ヤクに染まると抜け出せないんだ。その抜け出せない連中が売人の恰好のカモとなる。この繰り返し。捜査する側は命を危険に晒《さら》してまで、連中と渡り合っているのに、連中は意にも介さない。このループを止めるにはどうしたらいいか。わかるか、城島よ？」

「言ってみろ」

「ヤクに染まった連中を殺しちまえばいいんだよ。買うヤツがいなくなれば、売るヤツもいなくなる。需給バランスというものだ。といって、俺が一人一人殺して回るわけにもいかない。そこに登場したのがサンダーだ。一発で危険なクスリだとわかったよ。こいつをばらまけば、ヤクに関わる連中は勝手に死んでいく。俺たちが一人ずつ特定するより、ずっと効率がいい。蟻《あり》が毒餌を自分の巣に持って帰って、巣ごと全滅するようなものだ。そのための組織なんだよ、Zは」

井藤は双眸を開いて、笑みを滲ませた。

「Zのメンバーもその思いでおまえに協力していたのか?」

「連中は金だ。いいじゃないか。虫退治をして金をもらうんだ。互いの利害は共通している。それにZが力を持てば、他の組織も駆逐できる。一石何鳥になるかわからないくらいのビッグプロジェクトだったんだ。それをおまえが潰した。この代償は高く付く。薬物事案は蔓延《まんえん》し、まっとうに生きる人々が死んでいく。おまえはその責を負うことになる」

「ふざけるな。おまえの偏《かたよ》った理念のために、何人の一般人が死んだと思っているんだ」

「何事も犠牲は付きものだ。大義の前にはな」

「刑務所で頭を冷やしてこい」

背後に回り、後頭部に銃を突きつける。

井藤は両手を挙げたまま、肩越しに恭介を見た。

「俺が生きている限り、俺の理念は消えない。おまえが俺を狂っていると思うなら、今ここで撃ち殺せ」

「心配するな。またおまえみたいな極論を唱えるヤツが現れたら、その時はまた俺が相手をしてやるよ」

後頭部を銃で小突く。

岡尻が警官隊を連れて入ってきた。

井藤の姿を認めた岡尻が双眸を開いた。

「おいおい。死人を見るような顔をするなよ。あんな細工で騙されるとは、おまえら、城島以下だな。このP2野郎に主任を任せたらどうだ。そのほうがよっぽどマシだ」

井藤は嘲笑した。

岡尻は歯嚙みし、井藤と恭介の許に近づいた。

「何とでも言え。徹底的に取り調べるからな」

岡尻が手錠を出し、井藤の右手首を取る。恭介が銃口を放す。

そのわずかな瞬間を狙い、井藤が岡尻の背後に回り込んだ。岡尻の腰に手を回し、ホルダーから銃を抜いて、こめかみに押し当てる。

周りを囲んだ警官たちが銃を構える。

「動くな！　こいつの頭をぶち抜くぞ！」

井藤は岡尻を抱えたまま、ゆっくりと後退《あとずさ》っていく。

そして恭介を見据え、片頬を吊った。

「だから、甘いと言っただろう。どうしようもないな、おまえらは」

井藤が大声で笑った。

周りの警官たちは、歯ぎしりをして井藤を睨んだ。

が、恭介は涼しげな目で井藤を見つめた。

「その通りだったな。俺が甘かった」

恭介は銃口を起こした。

「銃を捨てろ。さもないと、こいつを殺すぞ」

井藤は恭介を見据えた。

恭介は仕方なく、銃を足下に落とした。

井藤が勝ち誇ったように高笑いを放った。

「P2もここまでか。ざまあみろだな。おまえら、銃を下ろして道を空けろ！」

警官隊を睥睨する。警察官たちは渋々銃口を下げた。

「腕を動かすなよ。少しでも銃口を起こしたら、岡尻はあの世行きだ」

井藤は岡尻を盾にドア口へ後退していく。

恭介は、二人の様子を見据えていた。

すると、井藤の後ろに立ち上がる影が見えた。大きな影がそびえ立つ。

タジムだった。タジムの右手には銃が握られていた。

「ボス」

声を聞き、井藤が振り返った。

銃口が井藤の眉間に向けられている。

「俺たちはあんたの駒じゃない」

タジムの指がトリガーにかかった。

恭介は地を蹴った。井藤の許に駆け寄る。身を屈め、岡尻にタックルをかまし、倒れ込む。

井藤はタジムに銃を向けた。タジムの銃が火を噴く。同時に井藤も発砲した。

恭介は岡尻の上に被《かぶ》さり、頭を抱えた。

複数の銃声が轟いた。

二つの銃から硝煙が立ち上る。井藤とタジムは互いの頭部を吹き飛ばし、ゆっくりと仰向けに倒れた。

警察官が二人を取り囲む。

井藤とタジムは銃を握りしめたまま、動かない瞳で宙を見据えていた。

エピローグ

一週間後、恭介《きょうすけ》は警察病院の個室に来ていた。ベッドサイドの丸イスに腰かけ、全身に包帯を巻かれ、横たわっている男に目を向けた。

「どうだ、具合は？」

「何のことないですよ」

青柳《あおやぎ》だった。

青柳は身体を起こそうとした。が、すぐに顔をしかめ、ベッドに背を落とした。

「無理するな。その傷では俺も動けない」

「やっぱ、そうですかね」

苦笑し、肩で息を吐《つ》く。

青柳は幸い、一命を取り留めた。が、爆心地に近かったせいで、身体のあちこちに深い傷を負っていた。

手術を担当した医師は、生きているのが奇跡だと唸《うな》った。しかし、それほどの深手を負いながら生還できたのは、青柳に運がある証拠かもしれないと恭介は感じた。戦場でもそうだが、生死が問われる仕事場では運を持っているか否かも問われる資質ではある。

そういう意味では、青柳もまたP2の資質を持っている者なのかもしれない。

「どうだ。死にかけてもP2になる気はあるか？」

「もちろんです。治ったら、また鍛《きた》えて下さい」

青柳は言う。目には力があった。

「こんな怪我を負わないように鍛えてやるよ」

恭介が微笑む。

「そういえば、Zの件はどうなったんですか？」

青柳が訊《き》いた。

青柳が目を覚ましたのは、昨日だ。事の顚末《てんまつ》を知らないのも無理はない。

恭介は事件の全容を掻《か》い摘《つま》んで話し始めた。

Zという組織は、井藤《いとう》が街で麻薬を売っていたタジムを捕まえたところから始まった。不法就労者で行き場もなかったタジムは、井藤にビジネスの話を持ちかけた。

井藤はその話に乗った。

理由は、井藤が語っていたように金儲けのためではなかったそうだ。

井藤は過去に、麻薬中毒者に妹を殺されていた。妹の無念を晴らすため、警察官となり、薬物事案の専門官となった。

井藤の捜査手法は強引だったが、検挙率は誰よりも高かった。

しかし、井藤の言うように薬物事案は後を絶たない。業《ごう》を煮やした井藤は、薬物を売り捌《さば》くことで薬物に関係する者を根絶やしにしようと画策していた。

タジムは井藤の後ろ盾を得て、後に幹部となるマシャ、ハズー、トンチャイといった不法就労者を仲間にし、四人が中心となって組織を拡大していった。

井藤の役割は対立組織を潰《つぶ》し、ブツを捌きやすくしていく事だった。

そんな矢先、流心会《りゅうしんかい》がサンダーという新薬を扱いだしたという情報を得た。

サンダーの破壊力に目を付けた井藤は、Zでサンダーを専売しようと考え、流心会に取り入った。いずれは流心会を始末して、アガルマを自分の手中に収めるつもりだったらしいが、慎重に事を進めている最中、流心会の末端構成員・中安《なかやす》が、サンダーを盗み出すという事件が起こった。

井藤は、サンダーの価格暴落を怖れた。サンダーがばらまかれて中毒者が死ぬのは意に介さないが、組織を確立するまではタジムらに金という餌を与えなければならない。

井藤は計画を変更し、一気にサンダー専売権を奪おうという強硬手段に出た。

井藤は、タイでアガルマに次ぐ勢力を誇っていた麻薬組織の長・ハキームに接触し、いずれアガルマを始末する代わりに、時が来た時の協力を申し出ていた。

ハキームはその後、アガルマを殺した井藤との関係がばれ、アガルマの組織の残党に報復されたようだ。

井藤はハキームから武器の提供を受けていた。各地で撃ち込まれた無反動砲は、RPG－28と判明した。

「ロケット砲まで密輸できるんですか！」

青柳が目を丸くする。

「どんなに網を張っていても抜ける時はある」

「オレたちの見えないところでは、想像も付かないことが起こっているんですね」

「そうだ。目に見えていることだけが現実ではない。その意識を常に持つこともP2には大事な点だ。覚えておけ」

恭介の言葉に青柳が頷《うなず》く。

「井藤という刑事が死んだことで、とりあえずはZの復活もサンダーの蔓延《まんえん》もなくなったということですか？」

青柳が訊いた。

「今のところはな。薬物の供給源も国内ルートも断たれた。しかし、こうした事案は忘れた頃にまたぞろ湧《わ》いてくる。いつ、第二のZが現れるかもしれん」

「その時はオレが潰してやりますよ」

「調子に乗るな」

包帯の上から腕を突く。

青柳は顔をしかめ、身体を弾ませた。

病室のドアが開く。岡尻《おかじり》が顔を覗《のぞ》かせた。

「恭介も来ていたのか」

「おう。どうしたんだ？」

「青柳が意識を取り戻したと聞いてね。立ち寄ったまでだ」

岡尻はベッドサイドに立った。

「具合はどうだ？」

「悪くないですよ」

青柳は笑顔を作った。

岡尻は眉を上げ、目を細めた。

「君は本気でＰ２になる気はあるのか？」

「そうらしいぞ」

恭介が答える。

「そうか。そうであれば、傷が治って、Ｐ２業務に支障のない身体だということが検査で証明されれば、俺がＰ２養成機関に推薦してやるよ」

「本当ですか！」

嬉々として身体を起こす。が、またすぐ顔をしかめ、ベッドに沈んだ。

「先に身体を治せと言っているんだ。まったく……」

岡尻は呆《あき》れ顔で微笑んだ。

「ところで、恭介」

岡尻が恭介に向き直る。

「おまえ、武装してＺのアジトに乗り込んだだろう。武器はどこから手に入れた？」

単刀直入に訊く。

恭介は肩を竦《すく》め、そらとぼけた。

岡尻はため息を吐いた。

「まあいい。こっちでは井藤らが集めた武器を使用したということで処理している。上層部もサンダーの出所を追っていたインターポールに土産ができたので、おまえの件に関しては不問に付すということで話が付いた。今回に限っては俺の肚に収めるが、二度目はカンベンしてくれよ。そう何度も何度もフォローはできんからな」

「わかっている。だが、また井藤のような極論者が現れた時は全力で潰すぞ」

「捜査の域で止めておいてくれ」

岡尻は苦笑した。

「で、仕事はどうするんだ？」

岡尻が恭介の左肩に目を向けた。

「傷なら大丈夫だ。P２一の腕を腐らせておくのはもったいないだろう」

「そうか。一人追ってほしい犯人がいる。頼めるか？」

「もちろん」

恭介は立ち上がった。

「じゃあ、おまえはしっかり傷を治せ。完治前に出てきても、俺は預からないからな」

「わかってますよ。今度はしっかり治します」

「それでいい」

恭介は微笑んで頷き、岡尻と共に病室を後にした。

闇狩人《やみかりうど》　バウンティ・ドッグ　朝日文庫

2014年2月28日　第1刷発行

著　者　矢《や》月《づき》秀《しゅう》作《さく》

発行者　市川裕一
発行所　朝日新聞出版
〒104-8011　東京都中央区築地5-3-2
電話　03-5541-8832（編集）
03-5540-7793（販売）

印刷製本　大日本印刷株式会社

ISBN978-4-02-264733-7

今野 敏
38口径の告発
「犯人は、警官だ」歌舞伎町で撃たれた男が残した言葉に、動揺する刑事たち。疑惑は新たな事件を生んでゆく。傑作警察ハードボイルド。

今野 敏
獅子神《バール》の密命
米国の大富豪から届いた一通の招待状。それは、日米政府を巻き込む暗闘の始まりを告げるものだった。長編国際謀略活劇！〔解説・関口苑生〕

吉田 修一
悪人（上）（下）
《大佛次郎賞・毎日出版文化賞受賞作》
いったい誰が悪人なのか——。殺人を犯した男と共に逃げつづける女。事件の果てに明かされる殺意の奥にあるものとは？ 著者の最高傑作。

浜田 文人
CIRO《サイロ》
内閣情報調査室 香月喬
内閣情報調査室の香月喬が、付き合っている情報屋が惨殺された。彼はスクープ寸前のネタを追っていた。香月は情報屋の死の謎に迫っていくが。

浜田 文人
機密
CIRO《サイロ》Ⅱ 内閣情報調査室 香月喬
香月の任務は、内閣官房報償費に関する極秘調査。やがて彼は、一年半前に起きた日教連幹部の自殺と、新聞記者の殺人事件に辿り着くが……。

樋口 明雄
爆風警察
ランニング・スクワッド
テロリストの手で都バス四台に爆弾が仕掛けられた！ 警視庁のはみだし部署、特捜は東京を守れるのか。警察アクション小説！〔解説・村上貴史〕